季語ものしり事典

新海 均＝編

角川文庫
22687

目次

—春—

―夏―

文中の敬称は略させていただきました。

春

立春から立夏の前日まで（二月四日頃～五月五日頃）

人は影鳥は光を曳きて春　永方裕子

春＝陽春・芳春・三春・九春（春の九〇日間）

三春

・初春（陽暦二月　陰暦一月）立春（二月四日頃）から啓蟄前日まで。

・仲春（陽暦三月　陰暦二月）啓蟄（三月六日頃）から清明前日まで。

・晩春（陽暦四月　陰暦三月）清明（四月五日頃）から立夏（四月二〇日頃）前日まで。

二四節気（太陽の動きを二四等分したもの。それぞれの間は約一五日）では次のようになり、さらに五日ずつに分けた七二候（漢字の熟語）がある。

◎**立春**（二月四日頃）＝東風が氷を解かし、この日から春になる。

東風解凍　はるかぜこおりをとく／**黄鶯睍睆**　こうおうけんかんす

／魚上氷　うおこおりをいずる

◎**雨水**（二月一九日頃）＝雪や氷が水になり、農耕の準備がはじまる。

土脉潤起　つちのしょううるおいおこる／**霞始靆**　かすみはじめてたなびく

／草木萌動　そうもくめばえいずる

◎**啓蟄**（三月六日頃）＝冬眠していた虫などが地中から這い出る。
蟄虫啓戸　すごもりむしとをひらく／桃始笑　ももはじめてさく
／菜虫化蝶　なむしちょうとかす

◎**春分**（三月二〇日頃）＝彼岸の中日。昼夜の長さがほぼ同じになる。
雀始巣　すずめはじめてすくう／桜始開　さくらはじめてひらく
／雷乃発声　かみなりすなわちこえをはっす

◎**清明**（四月五日頃）＝清浄明潔の略。花の季節でみな生き生きとする。
玄鳥至　つばめきたる／鴻雁北　こうがんかえる
／虹始見　にじはじめてあらわる

◎**穀雨**（四月二〇日頃）＝あたたかい雨が、百の穀物を育てる。
葦始生　あしはじめてしょうず／霜止出苗　しもやみてなえしょうず
／牡丹華　ぼたんはなさく

旧正月（きゅうしょうがつ／きうしやうぐわつ）——中華圏では最も大事な祝日で、日本各地にも残る

旧正（きゅうしょう）

正月は中国では旧暦で行われている。四〇〇〇年の歴史があり、春節祭と呼ばれ、一週間の長期休暇に入り、日本への観光客も多い。中国、香港、台湾、韓国、ベトナム、モンゴル等では、最も重要な祝日の一つで、新暦の正月よりはるかに盛大に祝われる。韓国ではソルラル、ベトナムではテトと呼ばれる。

日本でも一部の神社や寺で旧正月の行事があり、今も新暦の二月に正月を祝う地方がある。大阪では、「てんしば」で中国の伝統的な正月を体感でき、三重県亀山市では亀山大市が開かれる。奄美大島笠利町節田（せった）集落ではアザミと豚骨を煮込んだ正月料理を囲んでの「節田マンカイ」（正月まんかい）が脈々と続いている。旧正月に一堂に集まり、唄や三味線に始まり、やがて踊り出す。沖縄県でも漁港など一部の地域に旧正月が色濃く残る。糸満（いとまん）市には日本最南端の漁港があるが、停泊中の漁船はカラフルで大きな大漁旗を掲げ、豊漁、航海安全が祈願され、市場も賑わう。

旧正や旅をうながす南の星　大野林火

春の川（はるのかわ）

春川（はるかわ）　春江（しゅんこう）　春の江（はるのえ）

―春の川（かは）―　歌詞が二度も変更された唱歌「春の小川」

「春の小川」は高野辰之作詞、岡野貞一作曲。一九一二（大正元）年の『尋常小学唱歌（第四学年）』に発表。しかし、一九四二（昭和一七）年、小学校の授業に取り入れられる際、まだ文語体を教えられていなかったため、文部省命令で、歌詞が数か所、口語体に変更されたうえ、三番は削除されてしまった。

（一番）「さらさら流る」→「さらさら行くよ」、「にほひめでたく」→「すがたやさしく」、「咲けよ咲けよと」→「咲いてゐるねと」、「さゝやく如く」→「ささやきながら」、（二番）「ひなたに出でて」→「ひなたでおよぎ」、（三番）は削除。さらに一九四七（昭和二二）年の『三年生の音楽』では、二度目の改訂がなされ、「咲いてゐるねと」→「咲けよ咲けよと」となった。モデルの川は高野が一時住んでいた、東京都渋谷区代々木の河骨川（こうほねがわ）。一九六四（昭和三九）年の東京オリンピックの際に暗渠（あんきょ）となったが、代々木八幡駅近くの線路沿いに「春の小川」の歌碑がある。

春の川音も流れてをりにけり　　下田実花

―流氷(りゅうひょう)―　流氷は塩辛いのに、氷山が塩辛くないわけ

氷流る(こおりながる)　流氷期(りゅうひょうき)　流氷盤(りゅうひょうばん)　海明け(うみあけ)

紋別の「流氷まつり」で知られる流氷は、海水そのものが直接凍った氷の塊。したがって塩分を多く含み、塩辛い。日本のそれは最も低緯度で見ることができる。天敵の少ない流氷の上で子育てをするアザラシもいて、オジロワシ、キタキツネなども流氷に乗ってシベリアから北海道までやってくるという。しかし、温暖化でやがて流氷がなくなるのでは、と懸念されている。

氷山は海に浮かんでいても、一般的には陸地の氷河が押し出されて海に流れ出たもの。氷河は万年雪がしだいに固まって出来、自重で流れてくる。大陸氷河、山岳氷河などに分けられるが、解けると真水になる。「氷山の一角」だけが海上に見え、その九〇パーセントは水面下にある。一九一二年、一五一三人が亡くなった二〇世紀最大の海難事故、豪華客船タイタニック号がぶつかった氷山は、カナダ北極圏の氷河が流れ出したものといわれている。

接岸の流氷なほも陸を押す　　中村正幸

―入学（にゆうがく）―　「四月一日生まれ」の人がなぜ三月生まれの人と同学年？

入学式（にゆうがくしき）　新入生（しんゆうせい）　入学児（にゆうがくじ）　一年生（いちねんせい）　進学（しんがく）　入園（にゆうえん）

学校教育法では「小学校の学年は、四月一日に始まり、翌年三月三一日に終わる」とあり、保護者は、子が満六歳に達した日の翌日以後における最初の学年の初め（四月一日）から就学させる義務を負うと決められている。つまり、六歳になった日の翌日以降の四月一日からピカピカの一年生になる。

「満六歳」は、「出生日（誕生日）を一日目として年齢計算」と法律にある。四月一日が誕生日の人は、じつは三月三一日の午後一二時に満六歳になる。つまり、四月一日生まれの人は、生まれて六年後の四月一日ではなく、三月三一日の終わりに六歳を迎えてしまう。そこで、四月一日が六歳の誕生日の人は、早生まれでその学年の最後の誕生日となり、三月生まれの子と一緒に小学校に入る。四月二日生まれの人は四月一日の午後一二時に満六歳になるので、翌年の四月一日からの入学になる、というわけだ。一学年は四月二日生まれから、翌年の四月一日生まれの子で構成される。

入学児手つなぎはなしまたつなぐ　　右城暮石

—花見— 史上最大級の花見はいつ誰が？

お花見　花見酒　花人　花見客　観桜　桜狩　花の宴　花筵　花の酔

日本最初の花見の記録は、嵯峨天皇の「花宴の節」とされる。しかし現在につながる大勢でのドンチャン騒ぎの花見は、天下統一を果たした豊臣秀吉が一五九八（慶長三）年三月一五日に催した「醍醐の花見」が始まりだったともいわれる。京都の醍醐寺三宝院をキレイに整地し、七〇〇本もの桜を近江などから移植し、その花見には秀頼、北政所、淀君ら一三〇〇人が参加するというスケールだった。この宴のために衣装代だけで現在の金額にしておよそ四〇億円をも費やしたという。

秀吉はこの豪遊の約五か月後、世を去った。醍醐寺では、毎年四月に「豊太閤花見行列」が催されている。

江戸時代には八代将軍吉宗が飛鳥山に一二七〇本の桜を植樹し、庶民に開放し、一大遊楽地にした。こうして元禄時代以降は花見は庶民にすっかり定着した。桜がある限り日本人は花見を続けるだろう。

少年の髪白みゆく櫻狩　斎藤愼爾

凧（たこ）――江戸時代には凧あげ禁止令も出た

いかのぼり　紙鳶（しえん）　凧揚げ（たこあげ）　凧合戦（たこがっせん）　はた　字凧（じだこ）　絵凧（えだこ）　奴凧（やっこだこ）　切凧（きりだこ）　懸凧（かかりだこ）

「正月の凧」（新年の季語）としない場合は、春の季語になる。江戸時代以降、春の行事として各地で行われる。起源は古く、中国では前三世紀の漢代に初めて揚げられたという。初めは宗教的な占い、気象観測や軍事用だった。敵の城を攻めるとき、城壁までの距離を測ったり、急を知らせる連絡のために利用されたという。のちには遊び道具となり、世界各国に多くの種類がある。

日本には平安時代末期に中国から伝わり、江戸時代には正月の子供遊びとして流行する。これに大人も夢中になり、参勤交代の妨げになったり、大凧が武家屋敷の屋根を損傷したり、農作物に被害が出たりして、一六五六（明暦二）年には凧あげ禁止令が出た。その時にこれはタコではなくイカだと庶民が反発したことから、名称も関東では凧、関西ではいか、いかのぼり、長崎では、はた、はたばこ、など呼び方が異なる。長崎の四月のハタ揚げ大会は有名である。

武者凧へ血をこきざみに送りやる　坂巻純子

―黄金週間(おうごんしゅうかん)― 「ゴールデンウィーク」は映画界が生んだ和製英語

ゴールデンウイーク

戦後の東京を諷刺(ふうし)した映画『自由学校』(原作・獅子文六)は、大映(監督は吉村公三郎)が松竹(監督は渋谷実)と競作して、一九五一(昭和二六)年五月の連休に異例の同時上映となった。それが大映創設以来の興行成績を記録し、正月や盆に放映される以上の大ヒットに。映画界ではこれをチャンスととらえ、この期間に大作を封切り、多くの観客を動員しようと、ラジオの「ゴールデンアワー」に倣って、「ゴールデンウィーク」を宣伝用語として考案した。この言葉が映画界発の和製英語ということもあり、NHKでは「ゴールデンウィーク」という言葉が使われず、「(春の)大型連休」と言われている。

一九八五(昭和六〇)年の法改正で、五月四日が日曜日や振替休日でなくても「国民の休日」になってからは、一週間から一〇日間の連休を楽しむ人も増えた。また、日本ほどさまざまな祝日がある国は世界に例がないようだ。

黄金週間何処へも行かず楢の雨　本宮銑太郎

―メーデー― もともとはヨーロッパの春の祭り

労働祭(ろうどうさい)　五月祭(ごがつさい)　メーデー歌(か)　労働歌(ろうどうか)　メーデー旗(き)

五月一日に、ヨーロッパでは〈五月の樹〉や〈五月の柱〉を立て、その周りで踊り「五月の女王」を選んだりする。人々は春になって甦った樹木の霊魂を信じ、それが雨と太陽をもたらし、農作物や家畜を育てると信じてきた。柱の行事などは減ったものの、この民衆的な祝祭は今日も各地で催されている。

メーデーが世界中の労働者の祭典になったのは一八八六年五月一日、アメリカで八時間労働制を要求する統一ストライキがシカゴを中心に起きたのがきっかけ。三年後の第二インターナショナル創立大会で、この日を全世界労働者の統一行動日に決定した。日本では一九二〇（大正九）年に第一回メーデーが開かれたが、官憲の弾圧を受けて一九三六（昭和一一）年以降禁止され、終戦後一九四六（昭和二一）年に復活。一九五二（昭和二七）年には皇居前広場で〝血のメーデー事件〟が起き、デモ隊側の死者二名、重軽傷者千数百人に達した。今日では労働者のイベント、祭典の要素が強い。

メーデーの原宿に来て別れけり　石　寒太

良寛忌 ― 死ぬ時節には、死ぬがよく候

〈一八三一年旧暦一月六日、禅僧にして歌人・書家良寛の忌日〉

江戸後期、越後（新潟県）出雲崎の名主の旧家に生まれた。一八歳で曹洞宗光照寺に入り、剃髪、良寛を名乗り、大愚と称した。約二〇年近い諸国の行脚修行ののち帰郷。寺を持つことなく、国上山の五合庵に住み、農民や子供らと交わり、托鉢の合間に詩歌、書もよくし、天衣無縫な生涯で多くのエピソードが残る。『万葉集』を好み、詩集に『草堂集』、歌集に弟子の貞心尼が編んだ『蓮の露』がある。

「和顔愛語」を大事にし、生前すでに伝説的存在だった。数々の名言、名詩、名句も残した。「なにものが苦しきことと問うならば人をへだつる心と答えよ」「歩いたお前の人生は、悪くもなければ良くもない　お前にとって丁度良い」「初時雨名もなき山のおもしろき」等々……。死に臨んで「うらを見せおもてを見せて散るもみじ」と詠んだ。晩年に大地震に遭った時「災難に遭う時節には災難に遭うがよく候。死ぬ時節には、死ぬがよく候。是ハこれ災難をのがるる妙法にて候」。ここまでの達観は無理。

綿虫の日に漂へる良寛忌　　鈴木たか子

其角忌　芭蕉の第一の高弟は大酒飲みで豪放洒脱

晋子忌　晋翁忌〈一七〇七年陰暦二月三〇日、俳人宝井其角の忌日〉

晋子は別号。父は医者の竹下東順。早熟で一五歳ごろから芭蕉に俳諧を学び、書を佐々木玄龍、医を草刈三越に、絵を英一蝶に、儒学を服部寛斎に、禅を大巓和尚に学んだ。元禄俳壇の大立者として活躍。後年、芭蕉は「草庵に梅桜あり、門人に其角嵐雪有り」と記した。俳人評判記の『花見車』には「松尾屋の内にて第一の太夫也」と記される。芭蕉は、「自分の俳諧は閑寂を好んで細く、其角の俳諧は伊達を好んで細い、この細いところが共通する」と言ったという。

其角は一五歳から呑み始めた酒豪で、酒の上の失敗も多く、芭蕉が「朝顔に我は飯食う男なり」と、その大酒を戒めた。其角が煤竹売りに身をやつした赤穂浪士・大高源吾に会ったとき、「年の瀬や水のながれも人の身も」と詠み、これに対して源吾は、「あした待たるるその宝船」と返し、討ち入り決行をほのめかしたという。豪放洒脱な元禄時代の奇才は晩年、江戸座といわれる洒落ふうの俳諧をおこした。

其角忌の夜ともなれば夜の遊びかな　長谷川春草

―多喜二忌（たきじき）―　作家を虐殺した警官たちは勲章をもらった

〈一九三三年二月二〇日、プロレタリア作家小林多喜二の忌日〉

　多喜二が受けた拷問の凄惨（せいさん）さは、安田徳太郎医学博士とともに遺体を検査し、葬儀委員長を務めた作家・江口渙が「作家小林多喜二の死」で、リアルに描写している。下半身の状態は残忍すぎて、転記する気になれない。以下はその一部である。

「…首には一まき、ぐるりと深い細引の痕がある。よほどの力で締められたらしく、くっきり深い溝になっている。そこにも、無残な皮下出血が赤黒く細い線を引いている。左右の手首にもやはり縄の跡が円くいこんで血がにじんでいる。だが、こんなものは、からだの他の部分とくらべるとたいしたものではなかった。さらに、帯をとき、着物をひろげ、ズボンの下をぬがせたとき、小林の最大最悪の死因を発見した私たちは、思わず『わっ』と声をだして、いっせいに顔をそむけた…」

　代表作に『蟹工船（かにこうせん）』『不在地主』などがある作家はまだ二九歳だった。警察は、真相の露見を恐れ、遺体解剖を妨害。下手人たちには後に勲章が与えられた。

多喜二忌や糸きりきりとハムの腕　　秋元不死男

空海忌（くうかいき）　毎日二回の食事が今も続く

御影供（みえいく）　大師忌（たいしき）　弘法忌（こうぼうき）〈八三五年三月二一日、真言宗の開祖・空海の忌日〉

京都の東寺は空海が嵯峨天皇から与えられた道場だった。新幹線から見えるその五重塔は、高さ約五五メートルに達する日本最大の木造塔である。冬季開放されるが、入るや否や直径一メートルの「心柱」とその四方を囲む一二尊の絢爛（けんらん）さに圧倒される。さらに講堂には密教の悟りを表す二一体の仏像が〝立体曼陀羅〟をなしている。

もっと驚かされるのは高野山（金剛峯寺）である。すでに世界文化遺産に登録されているが、「山上の宗教都市」といわれ、仏教芸術の宝庫。最盛期には二〇〇〇もの堂塔があったという。奥の院では空海が入定（瞑想したまま仏になること）した一二〇〇年後の今も生き、座禅を続けていると信じられ、数名の僧侶によって毎日朝六時と一〇時半の二回、食事が運ばれる。精進料理がメインだがパスタやシチューもあるという。また年に一度、衣替えの行事も続けられ、この日の粥を御衣粥という。

命日には真言宗の各寺院で御影（図像）を掲げて法要が営まれる。

白鳩に空の濃くなる空海忌　　市村栄理

―遍路― なぜ八八か所を巡るのか?

お遍路　遍路宿　善根宿　遍路笠　遍路杖　遍路道　四国巡

空海は四二歳の厄年に四国の寺々を巡り修行を重ねた。入滅後、修行僧たちが、そのゆかりの旧跡を旅するようになり、修行地なども加えた巡礼の旅が、中世以降盛んになった。修行は三月から五月にかけて賑わう。「遍路」を春の季語としたのは、高浜虚子以来ともいわれる。旅はお大師様と常に二人連れであることから、白装束で「同行二人」と書かれた菅笠をかぶり、手甲、脚絆をつけ、首からさんや袋をかけ、手に数珠と鈴をもち、金剛杖をつくスタイル。

徳島県の霊山寺を振り出しに、右回りに香川県の大窪寺まで、全行程は約一四〇〇キロメートル。徒歩で四〇日を要する。徳島県を発心の道場、高知県を修行の道場、愛媛県を菩提の道場、香川県を涅槃の道場と呼ぶ。八八か所を巡るが、八八という数には諸説ある。人間の持つ煩悩と穢れの数。「米」の字に通じ五穀豊穣を祈る数。男四二・女三三・子供一三の厄年を合計した数などである。

かなしみはしんじつ白し夕遍路　　野見山朱鳥

復活祭（ふっかつさい・ふくくわつさい）――卵と兎がシンボルなわけ

イースター　聖週間（せいしゅうかん）　染卵（そめたまご）　昇天祭（しょうてんさい）

英語ではイースター（Easter）。十字架にかけられて処刑されたイエス・キリストが死んで三日目に復活したことを祝う。キリスト教最古、最大の祭りで、クリスマスとともに重きを置かれる。春分後の最初の満月のあとの日曜日（イースター・サンデー）に祝うため、毎年、日にちが変わる。この前後を復活祭の聖節と呼び、教会ではさまざまな行事が行われ、春らしい祭りにもなっている。

聖母マリアを表わす白百合が飾られ、ペイントしたイースター・エッグを贈る習慣がある。それを飾って食べるのは、卵が生命や復活の象徴とされているためだ。また、卵を室内や庭のあちこちに隠し、子供たちが探すエッグハントという楽しいイベントもある。兎（イースター・バニー）は多産なことから、豊穣と生命の象徴として登場する。兎は「野兎」で、その餌の草が春先に茂り、兎も活動し始める。その躍動感ともリンクしているという。

カステラに沈むナイフや復活祭　片山由美子

―荷風忌(かふうき)― 遊郭を経営し「覗き」を続けた

〈一九五九年四月三〇日、小説家・随筆家・劇作家永井荷風の忌日〉

荷風は、小説家・広津柳浪に師事する一方で遊郭で放蕩しつつ、落語家や歌舞伎作者の修業もした。やがてエミール・ゾラの影響を受け、『地獄の花』を発表。森鷗外に絶賛され、出世作となる。米仏に外遊後、『あめりか物語』『ふらんす物語』（一九〇九年に発禁）を執筆し、耽美派の中心的存在に。慶應義塾大学教授となり、『三田文学』を創刊した。父が亡くなると妻と別れ、新橋の芸妓、八重次と再婚したが、女遊びがやまず、半年で離婚。麴町の芸者、歌と遊郭を経営する。

荷風の禁断の趣味は「覗き」。小さな穴をあけた押入れの中から連日、客の行為を覗き見し、特に満足した客には、料金を値引きしていた。彼は細部まで自分の目で確認し、数々の名作を生んだ。俳句も詠みこまれている『濹東綺譚』はその頂点ともいわれる。晩年、「文化勲章」を受章した時「これからは、かたいものをかきます」と、前歯の欠けた笑顔でインタビューに答えた。生涯七〇〇句ほどを遺した。

荷風忌の雲の移り気見てゐたり　　吉川高詩

猫(ねこ)の恋(こい/こひ)――数匹の雄の精子を引き受けることも

恋猫(こいねこ)　猫の妻(ねこのつま)　猫の夫(ねこのつま)　浮かれ猫(うかれねこ)　猫交る(ねこさかる)　猫の契(ねこのちぎり)　孕猫(はらみねこ)　春の猫(はるのねこ)

猫の乳首は八個。妊娠期間は六三日といわれる。一度に乳首の数以上を産むことは稀で三〜五匹が多い。猫は交尾によって排卵が促進される「交尾排卵動物」で、妊娠している状態でもホルモンの関係で再び発情期を迎え、別の雄の子を身ごもることができる。雄猫のペニスにはトゲトゲがあり、交尾時に雄猫は雌猫の首を噛む。ペニスのトゲトゲと首を噛まれる刺激によって、その都度交尾排卵が起き、雌猫も狂おしい声？を出す。射精までは一〜四秒。数匹産んだ場合、違う父親の違う子猫を同時出産する。毛色の違う子猫が生まれると異父兄弟ということになる。

どんなに雄猫が狂おしく猛アタックをしても、受け入れないと決めた雌猫は頑として抵抗し、強姦は存在しない。雄猫はすごすごと引き下がるしかない。妊娠出産した猫は次の出産まで八か月以上空けることが望ましいため、最初の発情を迎えてから生涯での出産回数は七〜八回程度といわれる。

恋猫や世界を敵にまはしても　大木あまり

―猫の子―　のら猫とどら猫の違いは？

子猫　猫生まる　猫の親　子持猫　猫の産

家猫（飼い猫）だろうが、宿なしののら猫だろうが、生まれたての目の開かぬ子猫や、離乳したての子猫もカワイイ。約四か月で自立するが、のら猫と呼ばれる子と、どら猫と呼ばれる子がいる。のら猫は、のらりくらりしている猫であり、「のら」に漢字の野良（野原や田畑の意）を当てたもの。ただし、山野に生息して鳥獣を食べる猫は「野猫」「山猫」で、のら猫とは区別される。アニメ『サザエさん』の主題歌には「魚をくわえたどら猫」が登場している。

のら猫がずうずうしくよそからものを盗み食いすると、どら猫になるようだ。どら猫のどらは、「道楽息子」から派生したようだが、「どら」は漢字で「銅鑼」と書く。銅鑼は、仏事や歌舞伎などで用いられる円盤状の打楽器。怠けて働かず、遊興に溺れていると、お金が尽きる↓鐘を撞く↓銅鑼を撞く（打つ）から銅鑼となったともいう。

宿なしで生きるのはどちらもたいへん。

ねこの子の猫になるまでいそがしく　鈴木　明

―亀鳴（かめな）く― 和歌から生まれた空想の季語

俳句では空想の季語もある。「亀鳴く」もその一つ。「田螺（たにし）鳴く」（春の季語）、「蚯蚓（みみず）鳴く」（秋の季語）などもそうだ。いずれも正体不明の音を風流の要素に取り入れているのだ。「亀鳴く」は鎌倉時代の藤原為家（定家の長男）が詠んだ「川越のをちの田中の夕闇に何ぞと聞けば亀のなくなり」という歌がもとになったという。亀には声帯や発声器官はないが、小さな音を出す事がある。体のこすれる音や首を引っ込めるときに、肺の中の空気が押し出される音といわれている。

日本では動物園でしかお目にかかれない絶滅危惧種だが、一〇〇年以上の長寿記録を持つ、大きさ一メートルの世界最大級のゾウガメがいる。YouTube でガラパゴスゾウガメの交尾を見ると、乗っかりながら、低く不気味な大きなうなり音を出す。アルダブラゾウガメの場合は「わーおっ」「ワーオッ」と、人間的な？　音を繰り返して発するが風流とはほど遠い。

亀鳴くや男は無口なるべしと　　田中裕明

お玉杓子（たまじゃくし）——くちばしも歯もある！

蝌蚪（かと）　蛙の子（かえるのこ）　蛙子（かえるこ）　蝌蚪生まる（かとうまる）　蝌蚪の紐（かとのひも）　数珠子（じゅずこ）

近代以降、俳句ではお玉杓子よりも中国語の蝌蚪で詠まれることが多い。「蝌蚪の紐」「数珠子」はゼラチン様の紐状の卵を指す。これがやがて尾を振って泳ぐお玉杓子になる。調理器具の玉杓子の形をしていることからその名がついている。

お玉杓子は水底で少し滑稽（こっけい）な姿で鰓（えら）呼吸をして生息する。泳ぎながら、エサとなる苔や藻をせっせと食べるが、その小さな口にはなんと、くちばしが付いているのだ。鳥のくちばしや人間の爪と同じ角質からできていて、その中には細かい歯があり、苔や藻を削るようにして食べる。お玉杓子の尻尾は成長とともに退化するが、くちばしは尻尾と違い、ポロッと取れてしまうという。そこから食性も草食から肉食へ、内臓のつくりとともに変化し、蛙へと成長を遂げる。日本には四〇種類以上の蛙がいて、その大きさや性質もさまざま。孵化（ふか）から約一か月半で大人になるものもいれば、お玉杓子のまま越冬し二年過ごして大型化するものもいる。

これが親愕然とするお玉杓子　吉行和子

蛙（かわず）かはづ　腹から水を飲む！

かへる　初蛙（はつがえる）　遠蛙（とおかわず）　夕蛙（ゆうかわず）　赤蛙（あかがえる）　土蛙（つちがえる）　痩蛙（やせがえる）　夏　雨蛙（あまがえる）　蟇（ひきがえる）　枝蛙（えだかわず）　青蛙（あおがえる）　夏蛙（なつがえる）

二月頃、冬眠から目覚め、賑やかに鳴き出す。『古今集』の序に「花に鳴く鶯、水に棲む蛙の声をきけば、生きとし生けるもの、いづれか歌を詠まざりける」とその声を賛美する。繁殖期に多くの蛙が鳴き出すが、これを「蛙合戦」と呼ぶ。

蛙は一般的に水を飲まない。口から入った水を小腸で摂取する量はごくわずかで、ほとんどの水分を腹の皮膚から吸収する。乾燥に弱い薄い皮膚の持ち主なので、水辺から離れては暮らせない。水たまりや湿った地面に腹を着けることで体内に水分を取り入れる。赤い水の中に泳がせておくと、腹が赤く染まってしまう。お玉杓子は水中でしか生きられない鰓（えら）呼吸だが、蛙になると環境によって水中で暮らすものは皮膚呼吸、陸上で生活する一部は肺呼吸が主、水陸両方で暮らすものは皮膚呼吸と肺呼吸となる。六五〇〇種類もいる中には口から水分をとる種類も南米にいるという。大型の赤蛙が、世界各地でから揚げやスープで食べられている。

蛙の目越えて漣（さざなみ）又さざなみ　川端茅舎

鶯（うぐいす・うぐひす）一日に一〇〇〇回以上も啼く!?

黄鳥（うぐいす）　匂鳥（においどり）　春告鳥（はるつげどり）　藪鶯（やぶうぐいす）　鶯（うぐいす）の初音（はつね）　鶯（うぐいす）の谷渡（たにわた）り　流鶯（りゅうおう）　夏 老鶯（ろうおう）

鳴き声の「ホーホケキョ」は、繁殖期にだけ聞くことができる。雌は大変な働き者で、巣の場所を決め、巣を作り抱卵し、雛（ひな）を育てる。さらには杜鵑（ほととぎす）の托卵まで引き受けてしまう。雄は、子育てで過敏になっている雌に向かって、尾を揺らして囀（さえず）りながら自分たちの縄張りは安全ですよと、伝えているらしい。またほかの鳥への威嚇、警告もしている。息を吸いながら「ホー」と啼き、吐きながら「ホケキョ」と胸をいっぱいにして囀る。多い時には一日に一〇〇〇回以上のこともあるという。口笛で真似ると応えてくれるのがおかしい。

「ケキョケキョケキョケキョ」と続けて啼くのを「鶯の谷渡り」と呼ぶ。雄から雌への合図で、敵を警戒し、縄張りが危険かもしれないと、伝えている。この谷渡りを聞いた雌は餌を運ぶのも中断し、身を潜めてしまうという。大瑠璃（おおるり）、駒鳥（こまどり）と並ぶ日本三鳴鳥の一つの鶯が鳴くと、梅がほころび、いよいよ春本番だ。

うぐひすのケキョに力をつかふなり　辻　桃子

雉（きじ）――国鳥なのに猟師の的に

雉子（きじ）　きぎす　きぎし　雉（きじ）のほろろ

雄は全長約八〇センチメートル、尾が長く四〇センチメートル近くあり、羽の色は美しい深緑色を主色に複雑な斑紋があり、目の縁は赤い。雌は雄よりも小さく、全身が黄褐色で尾が短い。身近な山や野原、雑木林などに棲み、草木の実や昆虫などを食べる。四～七月の発情期に雄は「ケーンケーン」と勇ましい声を発し、それを「雉のほろろ」という。万葉の時代から妻を恋う声としても詠まれてきた。雌はチョンチョンと可憐（かれん）な声で応じる。

日本固有種の美しい留鳥で、北海道以外の各地に分布する。神話や昔話などで親しまれ、勇気と母性愛に富むことなどから、一九四七（昭和二二）年に日本鳥学会が国鳥に選定した。情愛が深く、野焼きの火が迫っても子を思って飛び立たずに焼死するなどのエピソードがある。国鳥なのに鳥撃ちの間でとても人気が高く、雉料理は料亭でも高級品で、その肉はうまい。一日二羽までという捕獲制限数がある。

父母のしきりに恋し雉子の声　芭蕉

—雲雀—「日晴れ」が「雲雀」になった

初雲雀　落雲雀　揚雲雀　朝雲雀　夕雲雀　雲雀野　雲雀笛　告天子

雲雀も人と同様らしく、雨の日には活動を控え、晴れた日を選んで飛ぶ。このことから、古くは「日晴る鳥」や「日晴れ鳥」と呼ばれ、それが訛り「ヒバリ・雲雀」になったという。雨の中で雲雀が啼いたら雨が上がるともいわれる。漢字で「雲雀」と表すように、スズメ目に属する留鳥、漂鳥。体長は雀より一回りほど大きいものの、色合いや姿形が似ていて、極地以外の世界中に生息する。『万葉集』に大伴家持が「うらうらに照れる春日にひばりあがり心かなしもひとりし思えば」と詠んで以来、多くの詩歌に詠み継がれている。

麦畑や草地や藪、川原などに皿の形の巣を作り、地上の小動物や草の実などを食べる。自分の巣の近くの上空高く舞い上がり、ピーチュク、チルルなどとしばらく囀ったあと、一直線に落下するように地上に降り「揚雲雀」、「落雲雀」という。この行動は縄張り宣言。一般的な滞空時間は五~一〇分程度で、高さは約一〇〇メートル。

雨の日は雨の雲雀のあがるなり　安住　敦

―鳥帰る（とりかえ／とりかへ）―

V字形飛行編隊を組むわけ

小鳥帰る　帰る鳥　鳥引く　小鳥引く　引鳥　［秋］鳥渡る　渡り鳥

雁、鴨、鶴、白鳥、鶫、山雀など、秋に来て越冬した鳥たちは、北方に帰って行く。「帰る鳥」のすべてがV字形飛行編隊を組むわけではないが、二〇一五年、英オックスフォード大学などの国際研究チームは、一四羽のV字飛行で帰るホオアカトキそれぞれにデータ記録機器を装着し、どう行動するかを追跡調査。その結果、「最もエネルギー消費を抑える形」に並んで羽ばたいていた事が判明した。

先頭の鳥が巻き起こす空気は、後方に「波」のように伝播する。後方の鳥はこれを的確に捉え、空気が吹き上がる気流に乗って羽を大きく広げ、滑空するようにしてエネルギーを温存し、その吹き上げが無くなった瞬間に羽ばたく。先頭の鳥がいちばん疲れるので、ときどき順番を交代する。みんな公平に先頭に立ち、まるで示し合わせたかのように、全体で釣り合いを取っていたというのだ。この高レベルの連携は残念ながら人間にはけっしてまねができない？

鳥帰る絆乱さず乱されず　　柏井幸子

—雀の子— 舌はあるの？

子雀　雀の雛　親雀　黄雀

『舌切り雀』の昔話がある。善良な老爺の飼っていた雀が欲張り婆の糊を食べてしまい、舌を切られて追われてしまう。老爺は雀を捜し、雀のお宿にたどり着いて歓待され、お土産に宝物の入ったつづらをもらって帰る。それをうらやんだ欲張り婆もまねをするが、つづらには蛇や毒虫が……。雀の舌は切られるほどあるのだろうか？　子雀の黄色い嘴には気が付くけれど。オウムなどが話をできることからもわかるように、よく観察すると、鳥の舌も肉眼で見ることができる。雀の舌は哺乳類のように柔軟ではなく、魚の舌に近く、やや硬いようだ。味覚受容体は舌より喉の奥に多いという。鳥類の味蕾細胞は少ないものの、好き嫌いはあるようだ。

夏は害虫を食べてくれるので益鳥だが、秋には稲穂に取り付いて害鳥となり、案山子が登場する。雀の焼き鳥というものもあるが、寒雀がおいしいらしい。欲張り婆は舌しか切らなかったのだけれど……。

子雀の声切々と日は昏し　臼田亜浪

鰆（さわら／さはら）——貪欲でデリケートな出世魚

馬鮫魚（さわら）　狭腰（さごし）　鰆船（さわらぶね）　鰆網（さわらあみ）　沖鰆（おきさわら）

鮪（まぐろ）を細長くしたような体形で、背は青色の地に青褐色の斑紋が多数散在し、腹は銀白色。全長一メートルにも達し、肉は白身で、関東では三月までの寒鰆がとくに美味とされる。腹の幅が狭いため、「狭い腹」や「狭腹」と呼ばれていたために「サワラ」となったともいう。鰆も鰤（ぶり）同様、出世魚の一種で、五〇センチほどに成長したのが「サゴシ」「サゴチ」、それを超えると、「ナギ」「ヤナギ」と呼ばれ、体長が六〇センチ以上になったものが鰆となる。

繁殖期は春から夏にかけてで、瀬戸内海でよく獲れる。生まれた仔魚（しぎょ）は、大人の鰆と同じように鋭い歯を持ち、貪欲に獲物に食らいつき、わずか一年で五〇センチ程度にまで成長する。いっぽう、デリケートな面もあり、網にかかるとすぐに死んでしまうので、香川県では「グッテリ」と呼ばれている。大きな体で泳ぐスピードは時速一〇〇キロにもなるにもかかわらず、繊細な魚でもある。

鰆舟瀬戸口を出て暮光負ふ　　西村公鳳

―鯥五郎(むつごろう)―　水に溺れるヘンな魚

むつ　鯥掘る(むつほる)　鯥飛ぶ(むつとぶ)　鯥掛(むつかけ)　鯥曳網(むつびきあみ)

日本では有明海とそれに隣接する八代海(やつしろ)の一部のみに生息する。干潟に深さ一メートルもの巣穴を掘って棲んでいる。半身浴の状態でいる鯊(はぜ)（秋の季語）の仲間だ。産卵の始まる春先が漁期で、かば焼きが美味だ。体長は十数センチ、背びれが長く、胸びれは肉質に富み、干潟の上をぴょんぴょん跳ね回る。出目で目を閉じたり開いたりして、顔がユーモラスだ。水を口に含み、鰓(えら)に溜めた水で酸素を補給し、皮膚呼吸もする。水なしでも数日は生きられるものの、水中に入れて水面に出られないようにすると、数時間で溺れ死んでしまう。

有明海にある諫早(いさはや)は国内最大級の干潟で、多くの生物を育み、渡り鳥の渡来地だった。だが一九九七年、「ギロチン」と呼ばれる二九三枚の鋼板による潮受け堤防が、豊饒な海を破壊し始めた。この〝公共事業〟により赤潮が発生し、漁獲量は激減。二枚貝タイラギが死滅し、海苔に色落ちが起き、鯥五郎も絶滅の危機に瀕している。

おどけたる後のさみしさ鯥五郎　　丹治美佐子

栄螺(さざえ)――一晩中ディナータイム

つぶ　拳螺(さざえ)

栄螺は産卵期前の初夏までが旬で、壺焼きが断然美味。生息地は、水深五〇メートルほどの岩礁地帯で、岩礁の海藻を餌にしている。日中は岩陰に潜み、日が沈んで三時間ほどたってから食餌に。理由は不明だが、しばらくすると少し休憩し、その後は五時間から七時間ほどかけて食べ歩く。ほぼ一晩中ディナータイムなのだ。

栄螺の足は中央の溝で左右に分かれ、すり足のような格好で移動する。一夜で二四メートルも移動した記録があるという。栄螺の「棘(とげ)」と「蓋(ふた)」には外敵から身を守る以外にも重要な役割がある。波が静かな環境に棲むと棘がなく、荒い海で育つと棘が出る。その棘が岩などにひっかかり波にさらわれるのを防いでいると考えられている。「蓋」には海水を貯め、陸地で生き延びる役割がある。栄螺はなんと鰓(えら)呼吸をしているのだ！　そのため陸地に打ち上げられた時に、蓋をピッタリと閉ざし、殻の中に閉じ込めた海水で三〜四日間生き延びるという。

栄螺採る一足毎の月光下　　中西舗土

海栗（うに）——ウニの漢字には意味の違いがある！

海丹（うに）　海胆（うに）　雲丹（うに）

ウニの産卵期は春から初夏にかけてで、卵巣が食用になる。生ウニがもっとも美味で、日本が世界一の消費国。八七〇種類もいて、中には毒をもつものも。漢字は「海栗」「海丹」「海胆」「雲丹」の四種類があてられている。

「海栗」は海で生きているウニを指す。栗の毬（いが）に似ていることから名づけられている。「海丹」も海で生きている状態のことで、丹とは赤い色の意味で、身が赤いためにこう書かれることもある。「海胆」は殻から取り出した生殖巣。その内臓をきも「胆（＝肝）」と考え、海胆と書く。「雲丹」は殻から取り出した食用部分（生殖巣）を塩漬けやペーストに加工した食品のこと。中国渡来の言葉で、「雲」には集まるという意味がある。おいしい昆布を食べて育つ北海道が漁獲量日本一を誇るが、岩手県洋野町には、一五キロに及ぶ人工的な「ウニ牧場」がある。海中に草原のように昆布が茂り、大量のウニが育っている。

雲丹割くやおろかな日日のつづきをり　角川源義

蝶 ―― 「ちやほや」の語源と紋白蝶

蝶々　胡蝶　蝶生る　初蝶　紋白蝶　紋黄蝶　蜆蝶　蝶の昼　夏 揚羽蝶

甘やかして育てられた様子を「蝶よ花よと育てられ……」「ちやほや育てられ……」という。ちやほやの語源となる言葉が使われ出したのは平安時代。藤原定子の歌が『枕草子』に記されている。「みな人の　花や蝶やと　いそぐ日も　わが心をば　君ぞ知りける」（人がみな、花や蝶やと美しいものに夢中になっている時でも、あなただけは私の本心を知ってくれている）。この「花や蝶や」という言葉が、江戸時代には「蝶や花や」となり、それが縮まり「ちやほや」になった、というのが一般的な説となっている。

ところで紋白蝶の「モン（紋）」は家紋のこと。紋白蝶の前翅に二点、後ろ翅の前縁に一点の黒紋がある。じつはもともと「紋黒白蝶」と呼ばれていたが、ややこしいため「黒」を省略して紋白蝶となったという。紋黄蝶にも黒の紋がついているが、同様に「黒」は略され「黄」を残した名前になっている。

紋白蝶海光に紋ひけらかす　　上村占魚

一蜂（はち）一　蜜のありかを仲間に音とダンスで伝えている

蜜蜂（みつばち）　足長蜂（あしながばち）　熊蜂（くまばち）　地蜂（じばち）　花蜂（はなばち）　女王蜂（じょおうばち）　雀蜂（すずめばち）　働き蜂（はたらきばち）　蜂の子（はちのこ）　蜂の巣（はちのす）

働き蜂はすべて雌！　雄は働かずに、女王蜂と交尾すると死んでしまう。

働き蜂は蜜のありか、蜜源を見つけると巣内の垂直な巣板の上で、音を出しつつダンスをして、仲間に蜜源の方向と距離を伝える。その場所が近い場合は、同じ方向に円を描きながらぐるぐる回り、円ダンス（円舞）と呼ばれる円を描く。

遠い場合は「尻を振りながら直進（8の字のくびれの部分）↓右回りして元の位置へ↓尻を振りながら直進↓左回りして元の位置へ」という、いわゆる「8の字ダンス」を繰り返す。このとき垂直な巣板の真上が太陽に当たる。直進する角度が、太陽と蜜源の角度を示しているのだ。つまり、巣板の上で右手四五度方向に向かって尻を振るように直進して8の字を描いた場合、「太陽を左にして右四五度方向に飛べ」という合図になる。また、音を出しながら蜜源までの距離を示し、一秒間が六七〇メートルにあたるという。こうして蜜源の正確な位置を伝えているというのだ。

養蜂の拡散はげし四方蜜源　　川島彷徨子

―躑躅（つつじ）―　ツツジとサツキの違いは？

花躑躅（はなつつじ）　緋躑躅（ひつつじ）　白躑躅（しろつつじ）　躑躅園（つつじえん）　庭躑躅（にわつつじ）　岩躑躅（いわつつじ）　山躑躅（やまつつじ）　蓮華躑躅（れんげつつじ）　霧島躑躅（きりしまつつじ）

躑躅は三月から咲き始める。杜鵑花（さつき）（五月躑躅）より大きい花で、春の季語。杜鵑花の花は躑躅より小さく、関東以西に六月に盛りを迎え、杜鵑（ほととぎす）が鳴く頃に咲き、夏の季語。蕾（つぼみ）のすべてが同時期に一気に咲くのが躑躅で、杜鵑花は蕾が少し時期をずらして咲き始め、一週間ほどですべてが開花する。

また、両者は葉の感触が全く違う。躑躅の葉は大きく、葉の裏には毛が生えており、フワッとしていて、服に付くこともある。それに対し、杜鵑花の葉は小さく硬く、光沢がありツルツルしている。両方とも低木だが、躑躅は五メートル以上に育つものもある一方、杜鵑花は川岸の岩上に自生するので、どんなに大きくても一メートル程度にしかならない。

近年は、躑躅と杜鵑花は人工交配などで中間的な性質の交配種が増え、品種の特定が難しいものも多い。それにしても躑躅、杜鵑花を読めます？　漢字で書けます？

白つつじこころのいたむことばかり　安住　敦

―花水木―　東京都内で一番多い樹木

アメリカヤマボウシ

高さは三～一〇メートルほどになり、卵形の葉が対をなしている。春には枝端に花弁のように十字に苞が見える。その色は赤、ピンク、白などがあり、この苞の中心にある黄緑の小さなツブツブが花で、球状に固まっている。花期は長く、モダンな明るさを放って、紅葉も美しい。北アメリカの代表的な花木で、日本が桜を送った返礼として、一九一五（大正四）年に合衆国から贈られ、日比谷公園などに植えられたのが最初。ちなみに花水木の花言葉は「返礼」「私の思いを受けてください」である。

東京都建設局によると、都の街路樹は一〇一万本余り（躑躅などの低木は除外）。花水木が最多で、銀杏、桜類と続く。本数一位に躍り出たのは二〇一五（平成二七）年。それまで一位に君臨していたのが、銀杏だ。東京都は東京市成立一〇〇周年を記念して一九八九（平成元）年に銀杏を東京都の木に決定。花水木は候補にもなっていなかった。生長しすぎずガードレールを傷めないなどの利点もある。

花水木咲き新しき街生まる　小宮和子

若緑（わかみどり）――お城周辺に松が多いわけ

若松（わかまつ）　緑立つ（みどりたつ）　初緑（はつみどり）　松の芯（まつのしん）　松の緑（まつのみどり）

季語で「若緑」「緑立つ」「初緑」は松の新芽のことを指す。一本の松からおびただしい数の芯が勢い良く伸びる様子には、生命力を感じる。「緑摘む」「若緑摘む」は松の新芽を摘むこと。「若草」のようにいろいろな草のことを指すのではない。「松落葉」は夏の季語、「松手入れ」は秋の季語になる。

城には松が植えられていることが多い。松は長寿を、緑色はめでたさを表し、美観や風よけの意味もあったが、何よりも「腹が減っては戦ができぬ」ので、籠城時の非常食の役割を果たすためだった。外の荒い皮を除くと内側に白い薄皮がある。それを臼でついて水に浸し、天日干しにして、麦粉や米粉に混ぜて餅や団子などにする。「松皮餅」ともいわれる。松葉には葉緑素やビタミンなども含まれ、殺菌力も備えている。江戸時代の享保、天明、天保の三大飢饉（ききん）のときには、各地の街道の松並木が庶民の手で丸裸にされたという。今でも秋田県の郷土菓子に松皮餅がある。

一湾を見下ろす城址若緑　　榊山智恵

―柏落葉（かしわおちば／かしはおちば）― 落ち葉なのに春の季語！

柏散る（かしわちる）　冬 柏の枯葉（かしわのかれは）　冬柏（ふゆかしわ）　夏 柏餅（かしわもち）　柏若葉（かしわわかば）

人家にも植えられ、高さが十数メートルにもなる。食物を盛る葉の「炊葉（かしば）」がそのまま植物名になった。大型の葉は「柏餅」（夏の季語）を包むのに使われる。「柏黄葉」は秋の季語で、山では紅葉するが、平地では黄色くなって、すぐに枯れる。しかし乾ききった褐色の葉は脱落しないまま春まで残り、若芽に先立って落葉し、一週間から一〇日で入れ替わり、「柏若葉」（夏の季語）になる。

寒風にはガサゴソと音を立て、真冬にはよく目立つ。柏は「諸木の君子」とも呼ばれ、葉を守る神、つまり「葉守の神」が宿っていると考えられた。『枕草子』にも「……柏木いとをかし。葉守の神のいますらむもかしこし。兵衛督（ひょうえのかみ）（皇居を警備する衛士の長官）、佐（すけ）（同次官）、尉（ぞう）（同三等官）など言ふもをかし」とある。柏木は皇居を警備する兵衛の異称だが、柏が葉守の神の宿る神聖な木と理解されていたためだと思われる。

廃校の柏落葉は裏見せり　　三輪初子

―チューリップ―　チューリップ・バブルがあった

鬱金香（うこんこう）　牡丹百合（ぼたんゆり）

原産国はトルコ。オランダがチューリップ大国で、日本で販売されている球根の大半はオランダ産だ。その語源は、ターバン（チューリバム）が変化したものといわれる。天候が悪く、気温が下がると、外側の花びらが伸びて、花が閉じてしまう。気温が下がる夜も花びらは閉じ、朝の日差しで花が開く。

オランダでは、一六三四年頃から投機家たちがチューリップの球根を買い占めた。彼らは手形を発行し、食料や家畜、工場などと交換したために、値段がどんどん上昇した。このバブルは一六三七年にははじけ、価格が大暴落。買い占めていた三〇〇人もの投機家たちは借金を返せない状況に陥ったという。この事件は、チューリップ・バブル（チューリップ狂時代）と呼ばれ記録に残る最初の投機バブルといわれる。

花言葉は、赤は「恋の告白」、ピンクは「愛の芽生え」、白は「新しい愛」、紫は「不滅の愛」。ただし黄色は「実らぬ恋」。贈る際には、明るい黄色に気をつけて！

チューリップ喜びだけを持つてゐる　細見綾子

—シクラメン— 「豚の饅頭」の別名を持つ

篝火花（かがりびばな）　篝火草（かがりびそう）　豚の饅頭（ぶたのまんじゅう）

明治時代初期に渡来し、昭和四〇年代以降に急速に普及。寒さに強くクリスマス近くに花屋の店頭に飾られるので、冬の花と思っている人も多いだろうが、元来は春の花だ。燃えるような鮮やかな赤、ピンクや薄紫、オレンジ、黄、白などさまざまである。花言葉は「清純」「内気な恋」「はにかみ」「嫉妬（しっと）」など。布施明が歌う大ヒット曲に「シクラメンのかほり」（作詞作曲・小椋佳）がある。従来の園芸種はほぼ無香だったが、最近は香りのあるシクラメンも出回っているようで気になるところ。

「豚の饅頭」は、英語の俗名に由来する。原産地であるイタリアのシチリア島では、野豚がシクラメンの球根を食べていたので、英語で「豚のパン」と呼ばれていた。日本へ渡来した当時はパンといってもわかりにくかったため、饅頭がパンの代わりに使われ、「豚の饅頭」となったという。さすがに「豚の饅頭」では伝えにくいのか、作句するのに引いてしまうのか、例句がない。

こだわらず妻は太りぬシクラメン　　草間時彦

―レタス―　世界でいちばん食べられている緑色野菜

萵苣（ちしゃ）　掻（か）きぢしゃ　玉（たま）ぢしゃ　サラダ菜（な）　ちさ

チシャ、サラダ菜、サニーレタス、リーフレタスなど、サラダでおなじみのキク科の野菜。古代ギリシャやローマでは、安眠をもたらす野菜として栽培されていて、日本でも平安時代から食用としてあったという。虫がつきにくく栽培しやすい。

食物繊維をアピールするときに「レタス〇個分」と宣伝されるが、じつはレタス（玉ぢしゃ）の食物繊維はかなり少ない。レタスを食べると食物繊維を摂った気分になるが、小松菜、茄子、ピーマン、蓮根、葱（ねぎ）などの約半分しかない。世界一栄養のない野菜といわれる胡瓜（きゅうり）と同じ量で、一〇〇グラム中、わずか一・一グラム。レタス一個当たりの重さは三〇〇〜四〇〇グラムだから、食物繊維は三・三〜四・四グラムだ。九五％は水分で、ミネラル分のカリウム、カルシウム、鉄やビタミンE、B_1、Cなどを含む。厚生省の食物繊維の摂取基準は、成人男性で一日二〇グラム以上。レタスだけから食物繊維を摂ろうとすれば、一日に五個ほど食べなければならない。

すみずみに水行き渡るレタスかな　櫂未知子

―独活(うど)― 疲労回復に効果大

芽独活(めうど)　山独活(やまうど)　もやし独活(うど)　独活掘(うどほ)る

風もないのに動くように見えることから、〝独りでも活(い)く〟の意味らしい。その生命力は強く、荒地でも二メートルほどになる。そうなるとただの「独活の大木」。食用にならない。「独活の大木柱にならぬ」という言葉もある。自生する山独活と栽培種があり、栽培種には寒（冬）独活と春独活があるが、品質の点で春独活に軍配があがる。春独活は茎が太く柔らかい。ふつうは土を被せながら日に当てないように育てるが、最大の産地、東京都立川市では地下を利用し、柔らかいものを育てる。

成分に「アスパラギン酸」と「クロロゲン酸」があり、アスパラギン酸は、筋肉中の疲労物質を除去してくれる。さらにクロロゲン酸には抗酸化作用が期待される。クロロゲン酸は、水に溶けやすく、アスパラギン酸は、熱に弱いので効率よく摂取するにはサラダがオススメだ。酢水で「アク抜き」した独活に酢味噌をかける「酢味噌和え」が簡単でおいしく栄養もバッチリ。

独活きざむ白指もまた香を放ち　木内彰志

蒜（にんにく）――ニンニク注射にはニンニクは入っていない

胡（にんにく）　ひる　大蒜（おおびる）

スポーツ選手がニンニク注射を使っていると耳にする。注射は血液中からダイレクトに全身に届くため、疲れや倦怠感の回復に即効性があるからだ。当然、蒜成分が入っていると思いがちだが、主成分はビタミンB_1が含まれる総合栄養剤で、蒜を材料にするわけでも、すりおろして作られるわけでもない。注射するとビタミンB_1に含まれる硫化アリルが原因で、蒜のような香りがするのでそう名付けられた。この匂いはすぐに消えてしまう。ビタミンB_1は糖分（ブドウ糖）をエネルギーに変換する栄養素で、疲労物質「乳酸」を燃やし、新陳代謝を高め、疲労物質を除去。不眠、肩こり、免疫力低下、筋肉痛、腰痛、関節痛、神経痛など幅広く効くようだ。

蒜そのものにもビタミンB_1が豊富で、硫化アリルの一種のアリシンという物質を含み、体内でビタミンB_1と結合してアリチアミンという物質になる。これがビタミンB_1の吸収を促進し、スタミナを補給してくれる。

にんにくを吊りて烈日落としたり　　糸　大八

若布（わかめ） — 高血圧を予防してくれるのに害藻！

和布（わかめ）　新若布（しんわかめ）　若布刈（わかめがり）　若布刈舟（めかりぶね）　若布干す（わかめほす）　若布汁（わかめじる）　若布売（わかめうり）

いまや四〇歳以上の二人に一人が高血圧といわれる。塩分の過剰摂取による高血圧が脳梗塞、狭心症、心不全の原因になり、問題視されている。そこで注目されたのが若布の効能。鳴門（なると）若布や南部若布が有名だが、若布にはアルギン酸やカリウムが豊富だ。アルギン酸は、塩分を体外に出し、カリウムは、塩分の再吸収を妨げてくれ、二段構えで、高血圧を防ぐ。塩分の濃い味噌汁に若布を入れるのは、理にかなっている。旬の生若布には、乾燥若布の約二〇倍のカリウムが含まれているという。ただし若布を食べるのは日本や朝鮮半島、ウルグアイなどごく一部だ。

若布は実は世界の侵略的外来種ワースト一〇〇に選出されている。繁殖力が強く、一本の若布から数億の胞子を放出し、増殖するのだ。タンカーで運ばれた「バラスト水」によって各地に繁殖。ニュージーランドではロブスターが大量死して社会問題にもなった。食文化のない地域では害藻でしかない。なんと勿体ない！

若布干すたつた一つの日を恃み　岡本　眸

鹿尾菜（ひじき）――骨粗しょう症などに効果的なスーパーフード

鹿角菜（ひじき）　ひじき刈（がり）　ひじき釜（がま）　ひじき干（ほ）す　ひじき藻（も）

岩礁に付着する海藻で、冬から春にかけて発芽。長いものは二メートルにもなる。漢字は江戸時代の『本朝食鑑』では、見た目が鹿の短く黒い尾に似ているところからきていると記されている。『伊勢物語』に「男（在原業平）」が恋人に「ひじき藻」を贈る場面がある。現在はその九割が中国、韓国からの輸入品だが、水産物なので無農薬、廉価なのがうれしい。ただ一年中出回っているので季感が乏しい。

鹿尾菜は、カルシウムやマグネシウム（アーモンドの二倍）、リンがバランスよく含まれていて、骨粗しょう症を予防する。食物繊維も牛蒡の七倍！　という含有量。便秘を解消し、大腸がんの予防に役立つ。ナトリウム、カリウムも多く含まれ、両者はバランスをとりながら、良好な体内の状態を維持してくれるという。さらに、皮膚を健康に保つビタミンA（レチノール）も含む。ただ文科省の二〇一五年に改訂された日本食品標準成分表では、鉄分が九分の一に激減している。

波来れば鹿尾菜に縋り鹿尾菜刈る　　土屋海村

――海雲（もずく）――　胃がんの予防に効果抜群

水雲（もずく）　海雲汁（もずくじる）　海雲桶（もずくおけ）

　枝分かれのあるそうめんのような糸状暗褐色の海藻で、ホンダワラなど他の藻類に付くので「藻付く」「もづく」という名がついたといわれる。春から初夏にかけて繁り、ぬるぬるとした強い粘りが特徴で酢の物などにする。この粘りの部分に食物繊維の一種であるフコイダンが含まれ、ピロリ菌を排出してくれるので、胃がんを予防できるという。北海道以南に分布しているがその九割以上を生産する沖縄県は、四七都道府県の中で胃がんの発症率が一番低い。沖縄で注目された料理は、「もずく丼」や「もずくの天ぷら」。加熱によって海雲の細胞壁が壊れ、フコイダン、アルギン酸、ミネラルなどの栄養成分が出やすくなる。

「もずく酢」は美容効果も期待できる。酢によって代謝が活発になり、脂肪や糖分が燃焼しやすくなり、抜け毛を防ぎ、肌の保湿をよくするという。低カロリーで、吸い物、雑炊、納豆やキムチ、卵焼きに入れるなど工夫できる。

詩に痩するおもひのもづくすすりけり　　上田五千石

夏

立夏から立秋の前日まで（五月六日頃～八月六日頃）

子に母にましろき花の夏来る　　三橋鷹女

夏＝朱夏・炎帝・炎夏・三夏・九夏（夏の九〇日間）

三夏

・初夏（陽暦五月　陰暦四月）　立夏（五月六日頃）から芒種前日まで。

・仲夏（陽暦六月　陰暦五月）　芒種（六月五日頃）から小暑前日まで。

・晩夏（陽暦七月　陰暦六月）　小暑（七月七日頃）から立秋（八月七日頃）前日まで。

二四節気（太陽の動きを二四等分したもの。それぞれの間は約一五日）では次のようになり、さらに五日ずつに分けた七二候（漢字の熟語）がある。

◎**立夏**（五月六日頃）＝暦の上ではこの日から夏。北日本で桜が満開に。

鼃始鳴　かわずはじめてなく／**蚯蚓出**　みみずいずる

／**竹笋生**　たけのこしょうず

◎**小満**（五月二一日頃）＝万物がしだいに満ちて、草木が一応の大きさに。

蚕起食桑　かいこおきてくわをはむ／**紅花栄**　べにばなさかう

／麦秋至　むぎのときいたる

◎**芒種**（六月五日頃）＝芒（のぎ）のある穀物の種をまく。田植え、梅雨がはじまる。

蟷螂生　かまきりしょうず／腐草為蛍　くされたるくさほたるとなる

／梅子黄　うめのみきばむ

◎**夏至**（げし）（六月二一日頃）＝北半球では一年の中で昼間がいちばん長い。

乃東枯　なつかれくさかるる／菖蒲華　あやめはなさく

／半夏生　はんげしょうず

◎**小暑**（七月七日頃）＝梅雨が明ける頃で、暑さが本格的になってくる。

温風至　あつかぜいたる／蓮始華　はすはじめてひらく

／鷹乃学習　たかすなわちがくしゅうす

◎**大暑**（たいしょ）（七月二三日頃）＝暑さが最も厳しく、豪快な雷雨もある夏の絶頂期。

桐始結花　きりはじめてはなをむすぶ／土潤溽暑　つちうるおうてむしあつし

／大雨時行　たいうときどきふる

入梅（にゅうばい／にふばい）　気象庁の梅雨入りはすべて仮発表

梅雨入（ついり）　梅雨（つゆ）に入る　梅雨（つゆ）きざす

太平洋側の強い小笠原気団と日本海側のオホーツク海気団がぶつかり、停滞して梅雨前線ができる。その付近で雨が降り続くと、梅雨入りとなる。六月の初旬から中旬にかかることが多い。気象庁が発表している理由は、大雨による災害を防ぐための「防災上の注意喚起」が目的。「何月何日に梅雨入りしました」という明言ではなく、「〇〇日ごろ梅雨入り（明け）したとみられます」という仮の速報を発する。梅雨のない北海道を除き、一二の地域（沖縄、奄美、九州南部、九州北部、四国、中国、近畿、北陸、東海、関東甲信、東北南部、東北北部）に分けて発表される。

現在の技術でも六月の段階では判断できないため、梅雨が明けてから、春から夏にかけての天候経過を検討し、全てのデータが揃う九月にようやく、その年の梅雨入りと梅雨明けの特定が発表される。梅雨入りがはっきりしないまま、特定できない年もある。梅雨は韓国、中国、東南アジアにもある。

世を隔て人を隔てて梅雨に入る　　高野素十

水無月（みなづき）――なぜ水無月と呼ぶのか？

風待月（かぜまちづき）　常夏月（とこなつづき）　青水無月（あおみなづき）

「常夏月」「風待月」、青葉の茂る時期なので「青水無月」などともいわれる。語源には諸説あり、それぞれ面白い。梅雨が明け、陽暦では七～八月に当たるため、炎暑で水が無くなるから「水無月」になったと一般的にいわれている。しかし水無月の「無」は無いという意味ではなく、連体助詞「の」の意味合いで使われていて本当は「水の月」なのだ。田に水を引く時期なので、水の月、水無月とした説がある。また、この時期は、田植えという大仕事が終わった頃にあたり、農事をみなし尽くした→皆（みな）仕尽（しつき）→みなづき、と変化したという説。また、五月に植えた早苗がみな根づいた意の、皆づくから来たという説もある。

この月の晦日（みそか）限りで夏が終わるので、六月晦日は水無月尽（じん）といい、大晦日を年越というのに対して、夏越（なごし）という。この時期は稲作や麦作などへの虫害・風害などを警戒する大切な時でもあるので、各地の神社では夏越の神事が行われる。

本閉ぢて青水無月の山を前　名取里美

―御来迎（ごらいごう／ごらいがう）―　阿弥陀様がヨーロッパでは妖怪に

御来光（ごらいこう）　円虹（まるにじ）

御来迎というと、富士山に登って初日の出を拝むことをイメージしてしまうが、じつは夏の季語であり、富士山、木曽御嶽（おんたけ）、立山などの御来迎が有名。

山頂付近で太陽の光を背にして日の出や日没の時に立つと、自分の影が前方の雲や霧に大きく映り、顔の位置を中心に影全体をとりまく美しい大きな虹に似た光輪が見える。これは雲粒や霧粒などの小さな水滴によって光が散乱するためで、水滴の大きさが均一のとき、より鮮明となる。信仰心から、生あるものをすべて救ってくれる阿弥陀如来（あみだにょらい）が光背を負って迎えに来るようにも見えるので、日本では御来迎と呼ばれ、ありがたいものとされてきた。名付けたのは出羽三山の修験者という説が公表されている。ヨーロッパではドイツのブロッケン山でよくみられることから、ブロッケン現象、ブロッケンの妖怪ともいわれ、不気味なものとされている。仏の御光、阿弥陀来迎がヨーロッパでは妖怪になってしまう。

生涯にこの朝あり御来迎　　野村泊月

—五月晴（さつきばれ）—　晴れわたる五月ではない

梅雨晴れ（つゆばれ）　梅雨晴間（つゆはれま）

五月（さつき）は旧暦・陰暦の呼称。旧暦五月（今の六月）が梅雨の頃にあたることから、俳句では「五月晴」は梅雨の合間の晴れ間や、梅雨明けの晴天を指す。

旧暦が新暦に切り替えられ、現在では「新暦の五月の晴れ」の意味でも使われ、誤用が定着した。「五月晴れ」について、広辞苑では「①さみだれの晴れ間。梅雨の晴れ間。②五月の空の晴れわたること」となっている。ほかの国語辞典でもほぼ同様に書かれているが、俳句では季語はあくまでも旧暦に合わせて決められている。「五月晴を入梅前の五月の好天として使うのは誤用」（『俳句歳時記』第五版・角川書店編）と明記してある歳時記も多い。また「さわやかな五月晴れ」などとしばしば用いられるが、これも誤り。俳句では「さわやか」は秋の季語になる。

同様に「五月雨（さみだれ）」は梅雨のこと。「五月闇」は梅雨のさなかの闇のことで、「梅雨の闇」「梅雨闇」などの季語と同じことになる。

漕ぎ出でて水の広さや五月晴　　岩田由美

―滝― 華厳の滝は水量をコンピュータで管理している

瀑布　飛瀑　滝壺　滝しぶき　滝風　滝道　夫婦滝　滝見　滝見茶屋

華厳の滝は栃木県日光四十八滝のうち最大。中禅寺湖の水が、高さ九七メートルの岸壁を一気に流れ落ちる。その姿は壮観で、観瀑台まではエレベーターで行くことができ、間近で豪快な瀑音と滝しぶきが弾ける中に身を置くことができる。滝壺はほぼ円形で深さ五メートル。背後には奥行き三〇メートルの洞窟があるという。五月の新緑、秋の紅葉の見事さはいうまでもない。例年だと寒中には小滝が凍り、滝がアイスブルーに彩られる。その雄大な滝の水量は、実はコンピュータで管理されている。下流に古河日光発電の水力発電所があり、電力供給や防災などのために、滝の上流の中禅寺ダムで水量が調節されているのだ。水量は平均で毎秒平均一トンとされているが、台風など増水期には毎秒最大九四トン（日光土木事務所）もの水が落下する。

日本でもっとも落差のある滝は和歌山県の那智の滝で、落差は一三三メートル。華厳の滝と茨城県の袋田の滝とともに「日本三大名瀑」に数えられる。

滝の上に水現れて落ちにけり　　後藤夜半

―サイダー―　海外ではアルコール飲料のこと

サイダーはフランス語で「リンゴ酒」を意味する「シードル（cidre）」が語源。英語の「サイダー（cider）」もりんご果汁やりんご酒のこと。つまり海外では発泡性のリンゴ酒をさすのが一般的で、日本のサイダーとは別物だ。

イギリスやスペインなどでは、ビールのような琥珀色をしていて、アルコールが加わっているものをサイダーと呼ぶ。ドイツやフランスなどでは、琥珀色をしているが、炭酸は入らず、アルコール入りのドリンクを指す。アメリカやカナダなどではハードサイダーと呼ばれ、リンゴ以外の果物も使われるようだ。アルコールなしの場合はソフトサイダーといわれている。

アジア圏でもサイダーと言えばアルコール入りが一般的。日本ではその風味を模して一八九九年「金線サイダー」が発売されたのが始まり。炭酸水に砂糖、酸味料、香料などを加えた清涼飲料・ソフトドリンクとして飲まれるのは日本と韓国だけである。

サイダー売り一日海に背を向けて　波止影夫

冷奴(ひややっこ) ― 木綿豆腐と絹豆腐の違い

冷豆腐(ひやどうふ)　水豆腐(みずどうふ)　奴豆腐(やっこどうふ)

木綿豆腐を製造するための型箱には、小さな穴が開いている。この型箱に木綿の布を敷き、豆乳にニガリ（凝固剤）を混ぜて固めたものを、いったん崩しながら入れ、重しをして水分を切る。出来上がりは、固い食感で、型箱に敷いた木綿の布目が表面につく。そこから木綿豆腐と名付けられた。一方の絹ごし豆腐は、穴の開いていない型箱を使う。絹などを用いず木綿豆腐より濃い豆乳に、ニガリを混ぜて型箱で固める。水分が多くなめらかな食感になり、江戸時代中期に登場したという。

豆腐は腐っていないのになぜ腐った豆と書くのだろうか。「腐」はふつう傷んでだめになっている様を表す字に捉えられるが、それ以外にも、「ぶよぶよと柔らかい」や「塊」の意味もあるという。この意味からすれば、豆が腐るのではなく、豆を材料にした柔らかい塊の食べ物ということになる。一部の店では「腐」の文字を嫌い、かわりに「富」を使い、「豆富」としているところもある。

日本に醬油ありけり冷奴　仲　寒蟬

麦酒(ビール)――ビールはたくさん飲めても同量の水が飲めないわけ

ビール　黒(くろ)ビール　生(なま)ビール　地(じ)ビール　缶(かん)ビール　ビヤホール　ビヤガーデン

ビアホールでは大ジョッキで一気飲みする人もいるが、水だとそうはいかない。理由は体の受け入れ方が違うためだ。飲んだ水分は胃に一時溜められる。水は胃に入ってもほとんど吸収されることなく、水門的な役目を果たす十二指腸へ徐々に送られていく。小腸から大腸へと通過する間に腸壁から吸収される。

ところがアルコールを含むビールは胃壁からも腸壁からもアルコールと一緒に水分が吸収されるのだ。また、アルコールには炭酸ガスや糖類を含むと吸収が早まる性質がある。そのため、水に比べてビールは胃に溜まりにくく、たくさんの量を飲むことができる。さらにアルコールには利尿作用があり、トイレが近くなる。排泄する頻度が高いとさらに胃に溜まりにくく、胃や腸で吸収されやすいためたくさん飲めるというわけだ。ところでビールと発泡酒の違いは、含まれている麦芽の量の違いによる。酒税法で麦芽の比率が五〇パーセント以上をビール、それ未満が発泡酒になる。

山の水受けて馬穴の缶ビール　　きくちきみえ

一新茶(しん ちゃ)一　新茶から四番茶まである

走り茶(はしりちゃ)　古茶(こちゃ)

新茶の茶摘みのピークは、立春から数えて八八日目の八八夜の頃。「夏も近づく八八夜～」の文部省唱歌「茶摘」は新茶の収穫を歌ったものだ。ちなみにこの名曲の作詞作曲者はいまだに不明。新茶は「二番茶」「三番茶」に比べて苦み渋みのあるカテキンが少なく、旨み、甘みの成分であるアミノ酸が多い。不老長寿の妙薬ともいわれる。茶葉は直射日光を避けることで苦みを抑え、旨みが引き出されるため、摘む前の茶葉には黒い覆いがかけられるなどの工夫がなされる。一番茶のあとは、六月の中旬から七月にかけて二番茶、八月に三番茶と続く。これらは夏茶とも呼ばれ、苦みや渋みが強い。そして九月から一〇月にかけて、締めくくりの秋番茶（秋冬番茶）＝四番茶となる。なお「茶摘」「一番茶」「製茶」などは春の季語になる。

二番茶以後の茶葉を茎とともに刈り取って製茶したものが番茶＝ほうじ茶である。軽く蒸し、もんで乾燥する。廉価で、独特の風味がありカフェインが少ない。

まだ会はぬ人より新茶届きけり　村越化石

―ソーダ水―　クリームソーダを生み出したのは化粧品メーカーだった

クリームソーダ

ソーダ水は精製した水に無機塩類を加え、炭酸ガスを圧入して作るものがほとんどで、瓶詰、ペットボトルなどで市販されている。無色透明なものをプレーンソーダといい、ウィスキーに入れるとハイボール。一般的にはさまざまなシロップを加えて緑や赤い色を付け甘味の炭酸飲料とし、これにバニラアイスを浮かせたものがクリームソーダ。日本ではメロンソーダの上にバニラアイスが載ったものも多い。

これを生み出したのは、化粧品メーカーの「資生堂」だ。日本国内シェアトップで、世界的にも高シェアを誇る。資生堂は一八七二（明治五）年に銀座に薬局として誕生した。その後、一九〇二（明治三五）年にこの薬局内にアメリカのドラッグストアを模した日本初の「ソーダ・ファウンテン」を開設した。当時はまだ珍しかったソーダ水やアイスクリームを提供し、日本で最初にクリームソーダを販売した。現在は名称を「資生堂パーラー」と変え、レストランになっている。

ストローを色駆けのぼるソーダ水　本井　英

—**泥鰌鍋**（どじょうなべ／どぢやうなべ）—

泥鰌は水中でおならをする

泥鰌汁（どじょうじる）　柳川鍋（やながわなべ）　冬 泥鰌掘る（どじょうほる）

泥鰌だけでは季語にならないが、調理されたものが夏の季語になっている。泥鰌汁は丸ごとみりんと醤油で味付けし、浅い鍋で煮て、刻み葱（ねぎ）をあしらって食べる。柳川鍋は江戸時代の店の屋号「柳川」からとられているが、開いた泥鰌と笹掻きにしたごぼうを甘辛く煮て卵でとじたもの。いずれも鍋のまま食膳に出し、暑い夏に熱い鍋をつつき、豊富に含まれているビタミンB_2やビタミンDで栄養補給にする。

泥鰌は湖沼、川、水田などの水底で、泥や砂の中から有機物を濾（こ）すようにして食べている。口は体の下にあり、その周りに一〇本の髭がある。ときどき水面から口を出して酸素を吸う。その酸素を腸で吸収する。鰓（えら）呼吸のほかに、腸呼吸と皮膚呼吸もできるという。田んぼの水が干上がっても第二、第三の呼吸を使って生き延びられる。腸に取り込まれた空気から毛細血管で酸素を吸収し、余った二酸化炭素をおならにして水の中に放出することで泡がブクブク……。

人ごとと思ひし古稀や泥鰌鍋　永井文夫

氷水（こおりみず／こほりみづ）　脳がビックリ

かき氷（ごおり）　夏氷（なつごおり）　氷売（こおりうり）　氷店（こおりみせ）　氷小豆（こおりあずき）　氷苺（こおりいちご）　削氷（けずりひ）

「かき氷」に関する最古の記述は、「削り氷（ひ）」と呼ばれ、清少納言の『枕草子』に登場する。「あてなるもの。（中略）削り氷に甘葛（あまずら）入れて、新しき鋺（かなまり）に入れたる（上品なもの。削った氷に甘味料をかけて、新しい金属製のお椀（わん）に入れたもの）」平安時代の貴族たちもかき氷を楽しんでいたのだ。

ところでかき氷など、急に冷たいものを食べると、脳が驚いて「痛い」と勘違いした信号を出すために頭がキーンとなることがある。のどに加わる温度差が頭痛の原因になっていると考えられている。そのため、事前にある程度冷たい水などを飲んで、のどの温度を下げておくと頭痛の予防になるらしい。かき氷が苦手という人はお試しあれ。頭がキーンとなる現象は「アイスクリーム頭痛」という医学的な正式名称になっている。近年は天然氷を使ったり、ふわふわに削ったりして、キーンとならないかき氷も工夫され、一年中かき氷を楽しめるようになっている。

かき氷前頭葉のうろたへて　齊藤　實

―蚊遣火―　世界危険生物第一位

蚊取線香　蚊遣　蚊遣香　蚊火　蚊いぶし

世界危険生物ランキングでは人間は第二位。鮫は第二三位。トップは蚊。年間一〇〇万人が犠牲になっているという。今は蚊を防ぐのに、化学薬品を使った器具やスプレーが主流だが、かつては蓮、松、杉、榧の葉や蓬などを焚いて燻した。渦巻き状の蚊取線香愛好者も多く、世界中に普及している。

最初の蚊取線香の誕生は一八九〇（明治二三）年。普通の線香のような棒状のもので、燃焼時間は四〇分ほど。渦巻き型の誕生まで一二年の試行錯誤があった。発明者は、「金鳥」（大日本除虫菊株式会社）の上山英一郎。蚊取線香にはピレトリンという虫を殺す成分が入っている。その原料は除虫菊とも呼ばれるシロバナムシヨケギク。燃やすとその熱でピレトリンが気化して、煙で蚊を駆除する。とぐろを巻いた蛇をヒントに、二本の線香を渦巻き状に巻くことを思い付き、現在の形にたどり着いたという。一度点火すると睡眠時間とほぼ同じ七時間持つようになっている。

蚊遣香文脈一字にてゆらぐ　水内慶太

団扇（うちわ・うちは）

さまざまな種類が江戸時代から登場

白団扇（しろうちわ）　絵団扇（えうちわ）　水団扇（みずうちわ）　渋団扇（しぶうちわ）　古団扇（ふるうちわ）　団扇掛（うちわかけ）

団扇は奈良時代に中国から伝わり、平安時代に登場した扇より先輩になる。もとは貴人が自分の顔を隠すために用いたという。応仁の乱の頃、皮革や鉄でつくった軍配団扇が登場。金や銀、朱色の漆などで月や星、文字などを書き、柄に組み紐を通し、武将が兵士の士気を昂揚（こうよう）させるために用いた。現在の相撲で使われている軍配は、ここからきているという。江戸時代の寛永年間頃までは、無地で、白団扇と呼ばれていた。いろいろな絵が描かれた絵団扇が登場するのはその数十年後。これが大ヒットし、日用品の一つとして急成長。夏祭りや盆踊りの際にも欠かせない。

団扇売りの行商なども興り、団扇業界は我が世の春を謳歌し、文字通り「左団扇」。房州団扇をはじめ、京都、丸亀、岐阜などで各種、盛んに作られるようになった。絹を張った絹団扇、柿渋を塗って丈夫にした渋団扇、表面に漆（ニス）を塗り、水を吹きつけて用いる水団扇等々。クーラーが普及しても手にすると心が安らぐ。

戦争と畳の上の団扇かな　三橋敏雄

―竹植う―　竹は草？　それとも木？

竹植う日　竹酔日　竹迷日　竹養日　竹移す　竹誕日

陰暦五月一三日に竹を植えると必ず根づくという中国の俗説から、この日を「竹植う日」という。梅雨時なので「竹移す」にも適している。また「竹誕日」とも言い、この日は筍を採ることもしないならわしがあるという。

竹は一般的には被子植物の中の単子葉類イネ科で、木か草かというと一応、草に分類されている。しかし、多くの草（草本類）のように一年草でも多年草でもない。また、木（木本類）のように堅く木質化するので、草ではない。一方、通常の木（木本類）のように肥大生長をせずに、年輪もなく、生長期間は六〇日程度で、一定の太さ以上にはならない。したがって木でもない。竹は木とも草とも明確に分ける事が出来ず、竹は草でも木でもなく、竹は竹ということになる。竹の花（夏の季語）は一二〇年に一度とも何十年かに一度ともいわれるが、数日間一斉に咲いて、開花後は藪全体が枯死してしまうという不思議な性質を持つ。

竹植ゑて一蝶すぐに絡みけり　大峯あきら

一鵜飼一　「鵜呑み」の言葉の由来は？

鵜匠　鵜遣　鵜縄　疲れ鵜　鵜籠　鵜舟　鵜篝　鵜松明　海鵜　川鵜　荒鵜

鵜飼は、福岡県筑後川や山口県錦川など数か所で行われているが、名水百選の清流の岐阜県長良川の鵜飼が有名。鵜匠と鵜が一体となり、闇の中、篝火で繰り広げる万葉の時代からの漁法「鵜飼」は、五月から一〇月にかけて、多くの観光客を集める。鵜の首を紐で縛って魚を飲み込めないようにし、鵜に魚を獲らせた後、のどにたまった獲物を吐き出させるという技法だ。一人で一二羽の鵜を一度に使う「鵜匠」や「鵜遣」がいる。長良川の鵜飼は宮内庁から国家公務員の身分「宮内庁式部職鵜匠」が認められている。獲物は鮎、鮒や鯉など。鵜飼ファンは多く、チャップリンは二度訪れ、絶賛した。夕闇の屋形船で食べた鮎の味は私も忘れがたい。

鵜飼は鵜が魚をかまずに丸呑みする習性を利用したものだが、「鵜の丸呑み」から、「鵜呑み」という言葉が生まれた。物事をよく考えもしないで受け入れてしまうことを言ったものだ。

おもしろうてやがてかなしき鵜舟かな　芭蕉

—登山—　一四座って知っていますか？

山登り　登山道　登山口　登山小屋　登山宿　登山杖　登山帽　登山靴　ケルン

標高が八〇〇〇メートルを超える山は地球上に一四座ある。その頂点がエベレストの八八四八・八六メートルだ。以下K2、カンチェンジュンガ、ローツェ、マカルー、チョ・オユー、ダウラギリ、マナスル、ナンガ・パルバット、アンナプルナ、ガッシャーブルムⅠ峰、ブロード・ピーク、ガッシャーブルムⅡ峰、シシャパンマと続く。この一四座は全てがヒマラヤ山脈とその北西のカラコルム山脈にある。

二つの山脈は四五〇〇万年前ユーラシア大陸に、インド亜大陸が衝突しそのまま北上、大陸プレート同士が盛り上がってできたといわれる。八〇〇〇メートルを超えると、酸素は地上の三分の一、人間は生命維持が困難になり、長く滞ると死に至る。困難なだけに登山家の憧れでもあり、畏敬を集める。初めて全てを制覇した登山家は、イタリアのラインホルト・メスナー。日本人では竹内洋岳が二〇一二年その偉業を達成。翌年には、八〇歳の三浦雄一郎がエベレスト登頂に成功した。

髭白きまで山を攀ぢ何を得し　福田蓼汀

海水浴（かいすいよく）——もとは自然療法の一手段だった

海開き　潮浴　海の家　波乗　サーフィン　サーファー

現在では海で泳ぐ娯楽が海水浴だが、もともとは病気治療や健康増進を目的に世界中で行われていた自然療法だった。効能は日光浴や運動の効果、新陳代謝の促進、免疫力や抵抗力の強化、奪温と刺激で皮膚を鍛えるなどである。日本でも古くから潮浴、潮湯治などの名で医療のための海水浴が行われていた。鎌倉時代に源実朝が鎌倉の海で病を治したことが『吾妻鏡』に記され、『方丈記』の作者・鴨長明が尾張国大野の浜で海水療法をしていたことを詠っている。

海水浴と呼ばれたのは明治以降だが、当初はレジャーではなく、自然療法を目的としていた。諸説あるが、日本で最初の海水浴場が横浜に登場したのは、一八八四（明治一七）年。翌年には大磯に医師・松本順（良順）が海水浴場を設置。自然療法からの脱却のきっかけとなったのは、神奈川や千葉県の海岸に学校の水泳部が開かれた一八九〇年代からだという。現在のレジャースタイルが定着してまだ一三〇年ほど。

歩きゆく地が砂になり海水浴　古屋秀雄

―汗(あせ)―　人間の汗は三種類、汗腺は二三〇万か所！

汗(あせ)ばむ　玉(たま)の汗(あせ)　汗(あせ)にじむ　汗(あせ)みどろ　汗(あせ)の香(か)　汗臭(あせにお)ふ

体温調節のために出る汗を温熱性発汗という。高温の時や運動をした時などに身体の熱を冷ます役目を果たす。これができるのは人間と馬だけともいわれる。そのおかげで長距離を走ることができる。熱いものや辛いものを食べた際に出る汗は味覚性発汗で、こちらも体温を調節している。どちらも人体の二三〇万か所に分布するエクリン汗腺から滲み出ている。九九パーセントは水分でそのほかに塩分、尿素、乳酸などを含んでいるという。汗をかいたまま放置していると、皮膚常在菌の数が増えて臭うので、肌は清潔にしておこう。

精神性発汗は気温に関係なく、緊張、興奮、不安、病気の症状のときに出る汗で、アポクリン汗腺から発汗する。脇の下やヘソの周辺などに分布し、独特の臭いがある。季語にはならない「冷や汗」「あぶら汗」「寝汗」は、この精神性発汗で、多くの動物はアポクリン汗腺のみがあり、その臭いがいわゆる「フェロモン」と呼ばれる。

今生の汗が消えゆくお母さん　　古賀まり子

―日射病（にっしゃびょう／につしやびやう）―

熱中症と日射病と熱射病のちがいは？

熱射病（ねっしゃびょう）　熱中症（ねっちゅうしょう）　霍乱（かくらん）

近年は日射病というより、熱中症と呼ばれる方が多い。やがて熱中症の句が増えてゆくのかも。日射病は強い直射日光を長時間浴びて、脱水症状になるもの。熱中症は高温が原因で起きる症状の総称で、熱失神、熱けいれん、熱疲労、熱射病に分けられている。熱射病は、汗をかかず、体温が三九度を超え、意識障害を伴う。職業別では建設業が四〇パーセント以上を占めるという。

ヒートアイランド現象もあり、梅雨明けなどに急に気温が上がると、体温調節機能がうまく働かずに熱中症に陥ることがある。高齢になると体力も落ち、暑さで食事や睡眠が不足することも多い。また、暑さや喉の渇きを自覚しにくくなるため、高温の室内で長時間過ごしてしまい、熱中症での死亡も増えている。さらに認知症を発症していると、服装や室温などの環境を整えることができにくい。熱中症での死亡者の半数は高齢者だ。こまめな水分補給は熱中症対策の基本だが、塩分なども欠かせない。

気がつきし瞳に緑葉や日射病　　中村狭野

海の日――「七つの海」とは？

海の記念日

二〇〇三年より七月の第三月曜日が「海の日」とされ、海洋国家日本の繁栄を願う日として、祝日になった。よく七つの海というが、どこを指すのかは時代によって違った。七は昔から神聖な数とされ、中世アラビア人はアラビア海、ベンガル湾などを含めて七つにし、中世ヨーロッパでは黒海、カスピ海などが含まれ、大航海時代にようやく全世界にまたがり、カリブ海、メキシコ湾などがカウントされた。しかし、一九世紀、イギリスのノーベル文学賞作家・キップリングが詩集『七つの海』を発表。それ以降、南・北太平洋、南・北大西洋・インド洋・北極海・南極海を指すようになっている。太平洋と大西洋を、南北に分けるなど、地理学的な根拠はないが、キップリングの分類が一般的だ。また、世界中の海という意味にも使われている。「五大洋」という言い方もあるが、これは太平洋、大西洋、インド洋、南極海（南氷洋）、北極海（北氷洋）を指す。七つの海というほうがやっぱりロマンチック？

海の日の海見ゆる席レモンティー　山崎房子

―山開（やまびらき）―　山開とは程遠い「山の日」

開山祭（かいざんさい）　ウェストン祭（さい）

日本人にとって山は信仰の対象で、霊峰は一般人の入れない聖地とされてきたが、江戸時代中頃から宗教儀式・山開が行われ、入山が許されたようだ。山開は山によって異なり、三月末から七月初旬に開催される。富士山は麓で七月一日に、山頂の浅間（せんげん）大社奥宮で十一日に行われる。ウェストン祭は、上高地を世界に紹介した英国人宣教師ウォルター・ウェストンの功績を偲（しの）び、六月の第一土曜日に。高野山、比叡山と並ぶ三大霊山の青森県むつ市の恐山は五月一日に。鳥取の大山は、毎年六月最初の週末に、麓の大神山神社奥宮で開催。大規模な松明（たいまつ）行列があり、「一日だけ流れる炎の河」として人気だ。また八ヶ岳は南八ヶ岳と北八ヶ岳の二会場で行われる。

二〇一四(平成二六)年から八月一一日が「山の日」に制定され、「山に親しみ、その恩恵に感謝する」国民の祝日になっている。お盆休みに合わせられたようだが、季節的には秋になり、歴史ある山開とは程遠い。季語としても熟成しにくい。

雨をもて木木を洗へり山開　瀧澤宏司

―川開(かわびらき)　かは びらき―　日本一短い川とやりきれない川

両国川開(りょうごくかわびらき)　両国(りょうごく)の花火(はなび)　長岡川開(ながおかかわびらき)

川開は納涼の時期の始まりを祝い、水難防止を願って各地の大きな川で行われる行事。特に両国の川開は一七三三（享保一八）年に始まり、江戸情緒をとどめる。

日本の河川は大小三万五千以上もあり、日本一長い川は信濃川で、全長三六七キロ。いっぽう和歌山県東牟婁郡(ひがしむろぐん)那智勝浦町粉白を流れる粉白川(このしろがわ)支川の「ぶつぶつ川」は、日本一短く長さはわずか一三・五メートル。シロナガスクジラの体長の約半分しかない。湧水を水源としていて、気泡を伴って「ふつふつ」と水が湧き出る様子が名前の由来。野菜を洗うなど、生活用水として利用されているが、川開はない。

北海道には、やりきれない川がある。夕張川支流の全長約五キロの一級河川で「ヤリキレナイ川」と表記される。アイヌ語で「魚の住まない川」を意味する「ヤンケ・ナイ」、または「片割れの川」を意味する「イヤル・キナイ」が語源と言われている。明治時代にたびたび氾濫(はんらん)し、地元民が「やりきれない川」といい、定着したようだ。

川開き近くと思ふ流れかな　星野　椿

富士詣（ふじもうで／ふじまうで）――東京にいて富士山に登れる!?

富士道者　富士行者　富士禅定　富士講　浅間講　山上詣　山上

世界文化遺産に登録された富士山に、近年は外国人登山者も増えている。江戸期に組織された富士講（浅間講）は修験道の一つで白装束に鈴、金剛杖を持ち六根清浄を唱えながら、山頂の浅間大社奥宮にお参りをした。登山者は富士道者、富士行者と呼ばれ、登頂して行を修めることを山上詣、富士禅定といった。富士登山はスポーツ化しているが、霊峰信仰へのあこがれは根強く残っている。

東京には江戸富士と呼ばれるミニュチアの富士山（「富士塚」）が多数あるなかで、「江戸七富士巡り」（「富士詣」）ができる。品川神社境内の品川富士は源頼朝が勧請したのが始まりといわれ、都内最大で高さ一五メートル。鳩森八幡神社の千駄ヶ谷富士は都内最古。霊気の漂う小野照崎神社の下谷坂本富士。茅原浅間神社の江古田富士は富士山の溶岩で覆われている。十条富士神社境内の十条富士。護国寺の音羽富士。豊島区の富士浅間神社の高松富士。以上が江戸七富士といわれている。

富士講者火を連ねつつ夜を登る　能見八重子

―広島忌―　ドイツ、ロシア、イラクにもあるヒロシマ通

原爆忌　原爆記念日　長崎忌　平和祭　原爆の日

ドイツ・ベルリン近郊のポツダムには、広島で被爆し、後にベルリン工科大教授となった故・外林秀人の尽力でヒロシマ・ナガサキ広場や原爆碑があり、日本大使館前にはヒロシマ通がある。最初の原爆はベルリンに落ちていたかもしれないという思いから名付けられた。ロシアのボルゴラード市（旧スターリングラード市）にもヒロシマ通がある。一九七二年に広島と姉妹都市となり、その一五周年記念に誕生。ここは第二次世界大戦で「史上最大の市街戦」といわれたスターリングラードの戦いがあり、独ソ両軍の戦死者、市民の犠牲者は合計二二五万ともいわれる。

イラクにもヒロシマ通がある。一九八八年三月、フセインによってクルド人五〇〇〇人が化学兵器で殺され、後遺症は今も続く。「ハラブジャの悲劇」と呼ばれる惨劇を忘れないためにハラブジャ市にヒロシマ通ができた。市では八月に広島に向けた祈りの集まりが開かれている。これ以上ヒロシマ通が増えないよう祈るばかりだ。

道と道しづかに別れ原爆忌　川口真理

―北斎忌（ほくさいき）― 画号三〇、引越し九三回の天才

〈一八四九年旧暦四月一八日、画家葛飾北斎の忌日〉

一八歳で勝川春章に入門し、役者絵を発表。のち狩野派、住吉派、琳派、さらに洋風銅版画の画法を取り入れ、浮世絵だけでなく、本の挿絵や「北斎漫画」なども独自の画風で描いた。奇行で知られ、生涯に画狂人など画号を三〇回も変え、片付けがまったくできずに九三回の引越しをしながら、赤貧の生活を続け、九〇歳までに三万点以上の作品を残した。印象派のゴッホやモネなどにも多大な影響を与えた。辞世の句は「人魂で行く気散じ（気晴らし）や夏野原」。ライフ誌の「この一〇〇〇年で最も重要な功績を残した世界の人物一〇〇人」に日本人でただ一人入っている。

海外で「グレートウェーブ」と呼ばれる、波の奥に富士が見える「富嶽三十六景神奈川沖浪裏」は、なんと七二歳の頃の作品。通称「赤富士」と呼ばれる「凱風快晴」も同時期の作品。両作品ともに日本のパスポートに採用されている。八三歳以降、四回小布施（長野県）の高井鴻山（こうざん）を訪れ、多くの傑作を描いた。

物干に富士やをがまむ北斎忌　永井荷風

―桜桃忌―　もっとまじめに走れよ！　メロス

太宰忌〈一九四八年六月一三日、作家太宰治の忌日〉

一般財団法人理数教育研究所開催の「算数・数学の自由研究」中学生部門で、村田一真君が『走れメロス』の「メロスの全力を検証」。例えば往路の出発は「初夏、満天の星」とあるので〇時と仮定し、到着は「日は既に高く昇って」「村人たちは野に出て仕事を始めていた」ので午前一〇時とすると……一〇里（約三九キロ）の距離を往復するが、その平均速度はずばり時速三・九キロでしかない！　往路前半は二・七km／h、山賊との戦い後死力を振りしぼって走ったとされるラストスパートも五・三km／hと算出している。感想欄で著者は「『走れメロス』というタイトルは、『走れよメロス』のほうが合っているなと思いました」と記す。素晴らしい着想だ。

大作家ゆえにそんなことを間違えるわけがないと思って読んでいる、読者に先入観の怖さを教えてくれる。「少しずつ沈んでゆく太陽の、十倍も早く走った」という表現を計算すると、とんでもないマッハの速さになってしまうのだ。

桜桃忌の夕日まるごと沈みゆく　　中村明子

鷗外忌（おうがいき／おうぐわいき）―陸軍軍医総監だったために数万人が死んだ

〈一九二二年七月九日、作家・評論家・翻訳家・歌人森鷗外の忌日〉

軍医としてドイツへ留学後、小説『舞姫』を発表し、軍医を続けながら、『高瀬舟』『阿部一族』『山椒太夫』などの傑作を生んだ。歌人として与謝野鉄幹、石川啄木等とも親交。軍医部長として、日清、日露戦争に従軍し、陸軍軍医総監に上りつめた森鷗外は脚気菌を発見したと発表。麦飯（ビタミンB_1）が脚気を改善することを否定し、白米中心の兵隊の食事を堅持した結果、日清戦争では陸軍で、四〇六四人が脚気で死亡した。日露戦争では海軍の脚気患者が一〇五人の発生に止まったのに対し、陸軍では二五万人が罹り、うち二万七八〇〇人が死亡した。他に八万四千の戦死者の中にも多くの脚気患者が含まれていただろう。戦後、陸軍は「古今東西ノ戦役記録中殆ト其ノ類例ヲ見サル」と、批判され、その最高責任者の地位に鷗外がいた。

多くの勲章に輝いたが、遺言には「余ハ石見人森林太郎トシテ死セント欲ス」とあった。三鷹禅林寺の墓は太宰治のはす向かい。森林太郎の名が大きく刻まれている。

鷗外忌父鷹揚となりにけり　小林貴子

河童忌（かっぱき）――「唯ぼんやりした不安」って何ですか？

我鬼忌（がきき）　龍之介忌（りゅうのすけき）　澄江堂忌（ちょうこうどうき）〈一九二七年七月二四日、作家芥川龍之介の忌日〉

生後間もなく母が精神に異常をきたし、龍之介は母の実家芥川家の養子になる。東大在学中、第四次『新思潮』創刊号に発表した短編『鼻』を、師である夏目漱石が激賞。一躍文壇に認められ、第一創作集『羅生門』で不動の地位を築いた。代表作に『地獄変』『歯車』などがあるが、題材に応じて文体に工夫をこらし、新技巧派の代表として知られた。芸術至上主義の態度を貫いたが、強度の神経衰弱に陥り、「将来に対する唯ぼんやりした不安」との言葉を残し、自宅で睡眠薬自殺。精神科医で歌人・斎藤茂吉が処方した睡眠薬も含まれていたという。まだ三六歳だった。

俳号は我鬼。高浜虚子に師事し、「余技は発句の外には何もない」と語った。一一〇〇句余りを詠み、七七句を収めた『澄江堂句集』が没後に刊行。死の数か月前に『河童』を発表。河童の絵を好んで描いたので河童忌という。『文藝春秋』を創刊した親友の菊池寛が設けた「芥川賞」は、社会的関心を集め続けている。

辞世　水洟や鼻の先だけ暮れ残る　芥川龍之介

亀の子　ゆるやかにぼーっと暮らせば長生き

銭亀

「亀鳴く」は春の季語だが、「亀の子」は夏の季語。日本固有種の石亀の子は、形が銅貨に似ていることから銭亀と呼ばれる。砂の中に産み付けられた五、六個の卵は五〇〜六〇日で孵化し、親亀の世話を受けず、成長して二〇センチほどになる。海亀（夏の季語）は一メートルにもなるが。銭亀は流れの緩やかな川や沼地、草などの隠れ家が多い陸地に生息している。数センチのものが夜店や屋台などでも売られている。ペットとして飼い易く人気だが、日光浴も必要で風邪を引いたりもする。

亀は心拍数が少なく新陳代謝のスピードも緩やかで、活性酸素も出さないため長生きする。肺呼吸だが、冬眠中は心拍数をさらに減らすことで、肺に溜まっている酸素だけで寒い数か月間を乗り切るという。銭亀の寿命は四〇年以上。アメリカハコ亀は一〇〇年以上で、ワニ亀は一五〇年以上生きる。過去に記録された最高齢のカメは、ガラパゴスゾウ亀で、一七五歳。ぼーっと長時間の日光浴が長生きの秘訣？

亀の子のその渾身の一歩かな　　有馬朗人

—雨蛙（あまがえる／あまがへる）—

雨の前には蛙の唄が聞こえる

枝蛙（えだかわず）　青蛙（あおがえる）　夏蛙（なつがえる）　森青蛙（もりあおがえる）　［春］蛙（かえる）　殿様蛙（とのさまがえる）　赤蛙（あかがえる）　初蛙（はつかわず）　夕蛙（ゆうかわず）　お玉杓子（たまじゃくし）

「蛙」というと普通、春の季語だが、「雨蛙」や「蟇（ひきがえる）」は夏の季語に分類されている。雨蛙（日本雨蛙）は体長三〜四センチの小型で、これより大きい青蛙は別種。草の上や樹上に棲み、保護色で黄緑、緑、灰褐色など周囲に応じて変化する。アスファルトの上にしばらくいると灰褐色になるから面白い。四肢の指の吸盤がよく発達し、ガラス窓の高い所にも平気で登り昆虫などを食べる。雨が降りそうになると一斉に鳴くのでこの名になっている。敏感な皮膚で湿度、気圧の変化を感じ、雨が降ることがわかると考えられている。多くが水中に卵を産むので、雨は生存に欠かせない。

雄は鳴くときに喉や頬にある声嚢（せいのう）＝「鳴のう」（鳴き袋）という柔らかい皮膚の袋を大きくふくらませ、発した音を大きくする。水田などで他の蛙と一斉に鳴くことがあるが、さまざまな声が混ざっても、目の後ろの丸くて大きな鼓膜で、雌は仲間の雄の声を聞き分けて居場所を探すという。残念ながら蟇には鳴のうがない。

鳴く前の喉ふるはせて雨蛙　　伊藤伊那男

蟇（ひきがえる／ひきがへる）　ガマの油には強心作用がある

蝦蟇（がま）　がまがえる　蟾蜍（ひきがえる）　蟾（ひき）　いぼがえる

日本産最大の蛙で体長はおよそ七〜一五センチメートル。ずんぐりした体形で四肢は短く、跳躍力は弱い。背面は暗褐色、腹面は淡黄褐色。水かきの発達も悪く、繁殖期以外はあまり水に入らない。背に大小のいぼがあり、目の後方にある耳腺が発達していてここから分泌液を出す。この分泌液に豚脂などを混ぜて作った軟膏を、江戸時代から明治時代にかけて香具師（やし）たちが街頭で傷薬として売っていた。「陣中膏ガマの油」の巧みな口上で人を集めた。作り方や内容も多様で、中には粗悪品もあったようだ。

漢方では、蟇の皮膚腺から分泌される液を「センソ（蟾酥）」と称し、強心作用、鎮痛、解毒などに使われ、外用すると、局所知覚麻痺、止血効果があるという。薬効成分は、ブファリンをはじめとする強心ステロイド化合物。CMでおなじみの「救心」の主成分にはセンソ＝ガマの油を使用。一匹あたり、分泌液はわずか数十ミリグラムしか採れず、さらに乾燥させるとほんの数ミリグラムにしかならないという。

蟇誰かものいへ声かぎり　加藤楸邨

―蛇―

赤棟蛇は二種類の毒を使いこなす

くちなわ　ながむし　赤棟蛇　山棟蛇　青大将　縞蛇　烏蛇

蛇のことを日本の古語で「かがし」といい、赤棟蛇は「山の蛇」の意味になる。赤棟蛇は日本で最も数が多く、水田付近に棲み、蛙などを捕食する。顎の構造から自身より大きな動物も飲み込める。緑褐色に不規則な黒斑があり、胴の側面に紅斑が散在する毒々しい体色にもかかわらず、それほど攻撃的ではなく、ハブや蝮のような毒蛇には分類されていない。だが、一度攻撃態勢に入ると口の奥にある毒牙をむき出しにして襲う。毒の性質は出血毒で傷口の血が止まらなくなるもの。毒牙は上あごの後方にあり、奥歯で噛みつかないと、相手に毒を送り込むことができない。

さらに首には毒を蓄える「毒腺」がある。ここに蓄える毒は、餌である蟇の持つブフォトキシンというもの。この毒を相手の目を狙って吹きかけ、それによって失明することもあるという厄介な毒だ。さらに鱗の間から毒液が出ることもあるという。赤棟蛇は自分の毒と、獲物でもある蟇の持つ毒との二種類を武器にしている。

軽雷や松を下り来る赤棟蛇　水原秋櫻子

羽抜鳥（はぬけどり）

羽抜鶏（はぬけどり）

ほとんどの鳥の羽は左右対称に抜ける

すべての鳥は一年に一回以上、全身の羽が新しくなる。これを換羽（かんう）という。鳥の種類によって時期が異なる。また繁殖期や渡りの時期と密接に関連し、夏から初秋にかけて、四週間ほど費やすことが多い。幼鳥は巣立ちの後、冬までの間に、成鳥羽になる。大半の鳥は繁殖前と繁殖後の二回行われるようだ。恋の準備でオシャレに余念がないのはいうまでもなく雄。渡り鳥は渡る前に換羽を終える。この時、多くのエネルギーが必要なので、餌の豊富な時期に始まり、囀（さえず）りも争いも少なく静かに暮らす。

換羽は一般に翼（風切羽）、尾、体羽の順で起こり、体の両側で、左右対称に同じ種類の毛が少しずつ抜け替わってゆく。その巧みなメカニズムで問題なく飛ぶことができるという。しかし、鴨や白鳥は翼がいっせいに抜けて、飛べなくなる時期がある。一気に抜けることで換羽期間を短縮するとも考えられている。危険が迫った時には、水に潜って危機を乗り越える習性になっている。

一塊の肉羽ばたきて羽抜鳥　　福田蓼汀

―雷鳥(らいちょう)― 高山に逃れて氷河期から生き続ける

日本アルプス・白山などの標高二三〇〇メートル以上の高山の、岩場に生息する。全長約三七センチメートル。夏季が繁殖期で、〝雷を呼ぶ〟ところから夏の季語に。植物の芽や葉、花、実や昆虫も食べる。犬鷲(いぬわし)などの天敵を警戒して薄明時や霧、雷雨などの荒天時に餌を摂るのでこの名がついたともいう。厳しい自然を生き抜くために羽毛の下に鼻孔があり、指先まで羽毛が密生し、体温の放散を防ぐ。保護色で年に三回、羽の色を変える。春になると雄が黒褐色で雌が黄褐色。夏羽は雉(きじ)の雌に似て、どちらも暗褐色。そして冬には尾羽の一部を残し、純白になる。

一九五五(昭和三〇)年、特別天然記念物に指定。指定されているのはニホンライチョウで、世界で最も南に分布するライチョウ科の日本固有亜種。二万年前の氷期に移動してきて、氷期が終わると、北へ戻ったり、暑さで死んだりしたが、一部が日本の高山に逃がれて生き残り続けたとされている。

霧に遊ぶ雷鳥もまた一家族　　橋本榮治

鴉の子――鴉は知能が高いが猛暑に弱い

烏の子　子烏　親烏

野口雨情の童謡「♪からす　なぜ鳴くの　からすは山に　かわいい七つの　子があるからよ」の「七つの子」は七羽なのか七歳なのか？　七個の卵を産むことは稀で、七羽の雛は考えにくく、また七歳よりも前に親になる。つまり七つは詩人の創作なのだ。四〜六月、高い樹の上に大きな巣を作り、夏になると巣立ちした子烏に親烏がしばらくは一緒に歩いている。鳥類約九千種の中でずば抜けて知能が高く、人の顔を記憶でき、危険人物を仲間と共有するとまでいわれる。牙はないが、「牙」という字は、「ア」という音を表し、この音が鴉の鳴き声を表しているという。

弱点は鳥類で最も暑がりだということ。嘴太鴉の英名はジャングルクロウでもともとは隠れるのに好都合な森にいた。熱を吸収する黒は灼熱地獄になる。汗をかけないために口を開けて舌の気化熱で体温を下げようとハアハアし始める。「烏の行水」で防げない？　クロウは黒に苦労しているらしい……。

くちばしのあきつぱなしや烏の子　髙田正子

一鮎一　なぜ「香魚」「年魚」と書かれるのか

香魚　年魚　鮎の宿　鮎釣　囮鮎　春若鮎　上り鮎　秋落鮎　子持ち鮎　錆鮎

『万葉集』にも歌われ、清楚な姿と、気高い香りで川魚の王とされる。稚魚は三～五月には五～七センチになり、川を遡る。「上り鮎」（春の季語）は成長期になると「若鮎」（春の季語）と呼ばれ、上流で夏を過ごす。珪藻などの水苔を常食とするため、川によって味が異なるのも食通にはたまらない。ときに三〇センチほどに成長する。旬は土用の二〇日間といわれ、塩焼きが旨い。また、卵巣や内臓を塩漬けにした「うるか」は珍味。やがて「子持ち鮎」（秋の季語）となり、肌が赤みを帯びてきたものを「錆鮎」（秋の季語）といい、一二月頃までに川の中流で卵を産む。産卵の済んだものを「落鮎」「下り鮎」（秋の季語）といい、砂礫で死んでしまう。孵化した鮎は海に下り、プランクトンを食べて冬を過ごし、稚魚になると河口まで戻る。

鮎は寿命が一年なので「年魚」とも書かれ、独特の香り立つ魚なので中国でも「香魚」とも書かれる。ただし中国で鮎と書くと鯰のことになるので、要注意。

鮎の香や膳の上なる千曲川　　松根東洋城

目高（めだか）―愛されて土地土地の名が二六〇〇以上！

緋目高（ひめだか）　白目高（しろめだか）

目が大きく飛び出していることが、その名前の由来。童謡『めだかの学校』でも歌われるように、日本人になじみ深い魚だったが、戦後、農薬などの環境破壊が深刻化するとともに姿を消し、一九九九（平成一一）年には、絶滅危惧種に指定されている。

そんな目高だが、身近にいたことから、方言が多く存在している。メ、ウルメ、タナゴ、ザッコ、アイゴ、メザカ、ウギョコ、アブラメ、ウキ、ケンバイ、ノタメ、タカガミ、オキンチョコバイ、カンカンビイチャコ……などなど。一六〇〇以上の名前があるという資料や、ある歳時記には三〇〇〇近いとあり、『日本産魚名大辞典』には二六〇〇以上とある。『メダカの方言』（辛川十歩・柴田武著）には五〇〇〇近い地方名が記録されているというのだ。ともかく日本の淡水魚の中で最も小さいにもかかわらず、たぶんどの魚よりも多くの名前（方言）を持っているのがほほえましくもある。それらの名前も目高とともに絶滅の危機に。

目高ひねもす急発進急停止　　上谷昌憲

―鱏（えい）―　猛毒を持つ水槽の掃除人

赤鱏（あかえい）　鱝（えい）
えひ

鱏は四億年も前から生息しているともいわれる。体は扁平で、ほぼ菱形、尾は細長い。目は背面にあり、腹面に口と鰓（えら）あながある。水族館の水槽には魚を美しく見せるために白砂が敷き詰められているが、苔が生えると汚れが目立ってしまう。鱏は餌を探す時に砂の中の貝を探すために、白砂を掘り返して餌を求める。これにより砂につく苔の増殖が抑えられ、水族館の水槽がキレイに保たれているという。

日本近海には約五〇種の鱏が確認されている。赤鱏は、全長約一メートルで、沿岸の砂底に生息し、二枚貝類や甲殻類、魚類、ゴカイ類などを餌にしている。尾には強い神経毒をもつ棘があり、刺されると吐き気や痙攣（けいれん）、呼吸困難になり、まれに死に至ることも。繁殖時期である夏が赤鱏の旬。伝統的な食材で良質な白身が、煮つけ、煮凝り、から揚げ、汁物などとさまざまに調理され、フランス料理のムニエルでも珍重される。乾物にした「エイヒレ」は酒の肴にされる。

水槽の無音を鱏の横断す　奥坂まや

鱧 京都で親しまれているわけ

水鱧　干鱧　鱧の皮　祭鱧　五寸切

鱧は鰻や穴子に似ていて二メートルにもなる細長い魚。鱗はないが鋭く大きな歯で、魚、海老、蟹、蛸など何でも食べる獰猛な大食漢だ。名前の由来には諸説ある。鋭い歯で攻撃的に噛み付くので、「噛む」「食む」意味から「食む」→「ハモ」になったという説。蛇に似ていて、蛇の古語「ハミ」と同じ語源という説。「歯持」からきているなどの説である。身と皮の間に小骨が多く、その数約三五〇〇本。このため調理の面倒な魚だが、大阪、特に京料理には欠かせない。七月の夏祭りの頃が旬なので祭鱧といわれるが、京都の祇園祭は別名「鱧祭」といわれるくらい親しまれている。

陸揚げしても皮膚呼吸だけで丸一日生きられる生命力があるという。冷蔵庫や冷凍庫もなく、瀬戸内海で獲れた魚を京都まで生のまま運ぶのに時間を要した昔から、熟練を要する「骨切り」をして食べられている。美味で高級な白身のものは鱧鮨、吸い物、照り焼き、酢の物などさまざまに工夫され珍重されている。

鱧の出てより雅なる古都の宴　稲畑廣太郎

一 鰻(うなぎ) 一　川の鰻はほとんど雄！

鰻掻(うなぎかき)　鰻筒(うなぎづつ)

古くから食用にされ、『万葉集』では大伴家持(おおとものやかもち)が詠んでいる。謎が多く、産卵シーンを見た人はまだ誰もいないという。二〇〇五（平成一七）年にようやくマリアナ諸島沖で孵化した鰻の幼生を捕獲。二〇〇九年に卵を捕獲できた。この世界初の快挙は日本のチームによってなされた。孵化した鰻は二年半ほどかけ半透明な白子鰻(しらすうなぎ)（針うなぎ）と呼ばれる稚魚になる。稚魚は北赤道海流に乗って日本に近づき、黒潮任せでようやく各河川に辿り着く。トライアスロン的な長旅の果てにさらに山奥まで旅する。浜名湖などでの養殖ものは獲れた稚魚から育てたもの。今や日本鰻は絶滅危惧種だ。日本や台湾に辿り着いて川を上り、一年半ほどかけて食べ頃にまで成熟し、成魚＝天然鰻となるが、その時はほとんどが雄だといわれる。それが海に戻ってしだいに雌になり、やがて卵を産むという雌雄同体の生き物。成長を遂げて性転換してゆく。海で生まれて川で育つのは、鮭が川で生まれて海で育つのと逆になる。

のの字よりつの字となりし泥鰻　　飯塚ゑ子

海亀（うみがめ）――体重が九〇〇キロ以上もある！

赤海亀（あかうみがめ）　青海亀（あおうみがめ）　正覚坊（しょうかくぼう）　［春］亀鳴く（かめなく）

海亀類の最大種に長亀（おさがめ）という亀がいる。その甲長の最大は三メートル近くあるものもいて、体重六五〇〜九〇〇キログラムを超えるものも。浦島太郎も悠々乗れそうだ。四肢は鰭状で遊泳力にも優れていて、ギネスブックには時速三五キロの記録があり、海流に乗って熱帯から亜寒帯まで世界をまたにかける。産卵期以外沿岸に近づくことは少ないが、日本の沿岸にも接近。甲羅は他の海亀類と異なり、多数の小骨片からなり、薄い滑らかな皮膚で覆われ、亀甲模様はなく、七本の縦に走る隆起がある。一億年以上前から生息し、恐竜の絶滅期をも生き延びたといわれているが、近年は釣り糸や網、プラスチックなど人間の営為によって、絶滅の危機に瀕している。海藻、魚介類、海月（くらげ）類などを食べるが、プラスチックを海月と間違えてしまうことも。潜水能力は、深海一二五〇メートルという記録もあり、そこまで潜るのは海月を食べるためだといわれる。潜水時間も長く、最長七一分という。

大海亀裏がへる眼の淋しさは　大島翠木

―蛸(たこ)― 「足」は八本ではなく、無い!

章魚(たこ)　蛸壺(たこつぼ)

複数の吸盤がついた八本の触腕を特徴とする。一般には「足」と呼ばれ、俳句にも詠まれているが、じつは腕である。英語でも arm（腕）と呼ぶ。見た目では頭に見える丸く大きな部位は頭ではなく、胴にあたり、本当の頭は腕の基部に位置して二つの眼や口が集まっている部分。頭（口のまわり）から腕が生えているのだ。烏賊の「頭部に見える三角形の部位」も頭ではない。これらの理由から蛸や烏賊(いか)は「頭足類」と呼ばれる。蛸の多くは頭部の反対側に噴水孔があり、墨汁嚢から煙幕のように広がる墨を吹いて天敵から逃げる。全体は紫褐色、灰色のものが多く、煮ると赤くなる。また、かなり知能が高く、瓶の蓋などを回して開けることもできるという。

海外では中南米、イタリア、スペイン、ギリシアなどを除くと「デビルフィッシュ」（悪魔の魚）という名もあり、あまり好まれていない。とくにユダヤ教とイスラム教では「食用にしてはいけない、鱗と鰭(ひれ)の無い魚」として嫌われる。

わが足のああ堪えがたき美味われは蛸　　金原まさ子

―烏賊（いか）―　烏賊だって空を飛ぶ

真烏賊（まいか）　やり烏賊（いか）　するめ烏賊（いか）　烏賊（いか）の墨（すみ）

『俳句歳時記』（第五版・角川書店編）では夏の季語になっているが、その他の多くの歳時記では、季節感に乏しいためか、烏賊釣、烏賊釣火、烏賊釣舟などが夏の生活の項目に採用されていて、烏賊そのものは夏の季語に採用されていない。

空を飛ぶ烏賊はアカイカ科の鳶（とび）烏賊である。沖縄でよく釣れ、するめにされる。天敵から逃げる時などに海水をジェット噴射のように吐き出して飛び出し、約三〇メートルも飛べるという。残念ながら空中で鳥に襲われてしまうこともある。

魚類なのに烏の字が使われているのは、「水面に浮かんでいる烏賊を食べようとして、舞い降りた烏が、死んだふりをしている烏賊に突然、長い足を絡められて水中に引きずり込まれて食べられてしまった」（中国の古書『南越志』）から烏を襲う賊で「烏賊」となったという。烏賊のいる水族館は少ない。共食いをし、壁に当たっただけで死んでしまい、寿命が一年ぐらいしかないためらしい。

飛行機は烏賊の通ひ路越えて飛ぶ　山口誓子

鮑（あわび／あはび）──おなか一面が足になっている

鮑取（あわびとり）　鮑海女（あわびあま）

ミミガイ科に属する巻貝だが、巻いている部分が小さい。貝殻は平たい楕円形で、二枚貝の片方だけのように見えることから「磯の鮑の片思い」という言葉が生まれた。日本では北海道南西海岸から九州にかけて分布し、蝦夷鮑、眼高鮑、雌貝鮑、黒鮑の四種類。殻径は一〇～二〇センチで、眼高鮑は最大二〇センチメートルを超え、約一〇〇種類いる中で世界一、二の大きさを争う。しかし、蝦夷鮑以外が絶滅危惧種に。

岩礁に棲み、お腹一面が足で、全身を波打つようにさせて移動する。顔もユニークで、丸い口から歯のついた舌をシュルシュルと出し、夜中に、かじめ、若布などの海藻を食べる。殻の背面に出水孔が並び、糞はここから排出される。鮑は危険を感じると岩などに張り付いて簡単には剝がれない。養殖技術も進歩したが、海女の鮑取が有名で、ヘラのような道具や、網や突きで素早く獲る。刺身、煮物、焼き物、酢の物、蒸し鮑などが美味だ。殻は螺鈿細工や真珠養殖の核、ボタンの材料になる。

夕焼けのながかりしあと鮑食ふ　森　澄雄

蝦蛄(しゃこ)——パンチは甲殻類最強

蝦蛄は四億年前から進化を遂げてきたシャコ科の甲殻類。やや海老(えび)に似ていて平たく、淡褐色で天ぷらや鮨種としてなじみがある。体長は一五〜二〇センチ程だが、蟷螂(かまきり)の前脚のような第二胸脚から繰り出されるパンチはとてつもないハードパンチ。その力はベンチプレス（ベンチにあおむけに寝た状態で、両手でバーベルを真上まで差し上げる競技）で八〇キロの重さを持ち上げるのに相当するという。攻撃性が強く、強力なパンチを目にも留まらぬ速さで繰り出し、肘鉄をくらわすようにして硬い蟹(かに)の甲羅や二枚貝の殻を簡単に粉砕して食べる。

それだけではない。人間が光を感じるための光受容体（光を刺激として受容する感覚器）は三つで、色の三原色、赤・青・緑しか認識できない。しかし蝦蛄は一二もの光受容体を持っていて、人間の一〇倍もの色を識別し、生物で唯一「円偏光」と呼ばれる光を見ることができるとされている。

おほいなる蝦蛄の鎧のうすみどり　見学御舟

―蟹(かに)―　ザリガニは目の下からおしっこをする！

山蟹(やまがに)　沢蟹(さわがに)　川蟹(かわがに)　磯蟹(いそがに)　弁慶蟹(べんけいがに)　ざりがに　蟹(かに)の穴(あな)

ザリガニを蟹の傍題とする歳時記もあるが、カニはカニ下目、ザリガニは下目で、別の種である。ザリガニは後方にしざる性質があるのでこの名がついている。子供たちの間で遊びとして釣られ、またペットとしても人気。本来、ニホンザリガニをいい、江戸時代の文献にも登場する。秋田県大館(おおだて)市では生息地自体が国の天然記念物に指定され、環境省によって絶滅危惧種にも指定されている。一般的にザリガニと呼ばれているのは、アメリカから一九二七（昭和二）年に食用ガエルの餌として移入された雑食性の指定外来生物アメリカザリガニ。エビガニとよぶ地方も多い。

河川や湖沼の生物は体がふやけないように毎日大量の尿を出す必要があるという。ザリガニは糞をお腹の先端から出すが、おしっこは目の下（触角の付け根にある穴）から放出する。その穴は触角腺と呼ばれ、目と口の間に左右一対あり、肉眼で観察できる。海老や蟹の仲間はおしっこを作る「腎管」が口と脳の間にあるためだ。

ザリガニの音のバケツの通りけり　山尾玉藻

蛍（ほたる）　夜露だけで生きている

初蛍（はつぼたる）　蛍火（ほたるび）　蛍狩（ほたるがり）　蛍籠（ほたるかご）　草蛍（くさぼたる）　源氏蛍（げんじぼたる）　平家蛍（へいけぼたる）　夕蛍（ゆうぼたる）　恋蛍（こいぼたる）　蛍合戦（ほたるがっせん）　流蛍（りゅうけい）

日本には五〇種ほどの蛍がいるが、その代表が源氏蛍だ。日本最大の蛍で、体長は一五〜二〇ミリ。水田や沼に棲む平家蛍は、源氏蛍より小さく七〜一〇ミリ。幼虫から成虫になるまでは約九か月で、この間、清流で生活をする源氏蛍の幼虫は「カワニナ」という貝を食べて成長する。口から出す消化液で、カワニナを溶かして食べる。陸生の幼虫もいてそれらは蝸牛（かたつむり）、蚯蚓（みみず）などを食べるという。成虫になった源氏蛍の寿命はわずか一〜二週間だが、その期間、全くエサを食べない。口にするのは夜露のみだ。糞もしない。成虫になって口器が退化し、池や川の水さえも飲めず、少量の水分を補給するのみ。幼虫時代に食べたカワニナの栄養分を使い果たしたときに寿命が尽きる。雄は雌よりも小さく、食べる量も少なく、雄の方が先に死ぬ。

ところで日本の唱歌『蛍の光』はスコットランド民謡。スコットランドやイギリスでは「別れの歌」ではなく、「お祝いの歌」として、結婚式や誕生日などに歌われる。

蛍の夜老い放題に老いんとす　飯島晴子

蟬（せみ）—八日目の蟬、二〇日目の蟬もいる

初蟬（はつぜみ）　蟬時雨（せみしぐれ）　油蟬（あぶらぜみ）　にいにい蟬（ぜみ）　みんみん蟬（ぜみ）　熊蟬（くまぜみ）　蝦夷蟬（えぞぜみ）　啞蟬（おしぜみ）　秋　法師蟬（ほうしぜみ）　蜩（ひぐらし）

蟬の幼虫は土中で木の根の養分を吸って六、七年生きて成虫になる。成虫は一週間しか生きないと思われているが、実際は数週間生きる。岡山県の高校生の植松蒼さんは、捕まえた蟬の羽根に油性ペンでマーキングし、後日再捕獲するという地道な調査を実施。その結果、最長生存確認記録は油蟬が三二日、つくつく法師が二六日、熊蟬が一五日間だったそうだ。捕まえた時点ですでに羽化からしばらくたっていたり、野に放った後にさらに生きたりすることも考えられ、実際の寿命はもっと長い可能性があるという。この調査は二〇一九年「生物系三学会合同大会」で最優秀賞を受賞した。

雌の蟬は鳴かず、「啞蟬」とも詠まれる。雄は、発音筋と発音膜、共鳴室、腹弁などの発音器官が発達し、発音筋の振動によって鳴き、雌を誘う。蟬の種類によって鳴く時間帯が異なる。熊蟬とみんみん蟬は午前中、油蟬は午後、にいにい蟬は朝から夕までなどと、種類によって鳴く＝誘惑する時間帯がある程度決まっているという。

暁やうまれて蟬のうすみどり　篠田悌二郎

蟬の殻(から)　蟬(せみ)の抜け殻(ぬけがら)

―空蟬(うつせみ)― 漢方薬に使われる

空蟬はもともと「現し臣(うつおみ)」と書き、「この世の人」などの意味だったが、「うつそみ」とつづまり、「空蟬」と書かれるようになったようだ。現世に生を受けている姿を現身(うつしみ)という。空蟬は現世のほんの一時の儚(はかな)い時間の象徴ともなり、仏教の無常観とともに日本人の美意識に繫がる。「空蟬」「虚蟬」の表記から、「世」「命」「人」「空(むな)し」などにかかる枕詞として、日本最古の歌集『万葉集』にも登場。『源氏物語』(平安時代)には、第三帖に「空蟬」の巻がある。

中国や沖縄では食材としての歴史も古い。乾燥したものは「蟬退(せんたい)」と呼ばれ、漢方薬として利用されてきた。外皮にキチン質が多く含まれ、解熱作用や鎮静効果があり、じんましん、かぶれなどの皮膚のかゆみの緩和、感冒やのどの炎症などに効くといわれ、生薬としても使われた。また、簞笥の中に入れておくと着物が増える、落ちないので受験のお守りになど、おまじないにも使われる。

空蟬をあつめて暗く坐りをり　大串　章

一蟻一　どんなに高いところから落ちても死なない

蟻の道　蟻の列　蟻の塔　蟻塚　蟻の国　大蟻　山蟻　黒蟻　赤蟻　蟻走る

物体や流体は高い所から落ちる際、加速度を上げながら落ち続ける。時間当たりに物体がどれだけ加速するかを重力加速度と言う。しかし大気がある環境下では、落下速度が増すにつれて空気抵抗も大きくなり、やがて重力加速度は空気抵抗により、速度が上がらなくなる。これを「終（端）速度の法則」という。この終速度は「質量」と「空気抵抗」の値が分かれば求められる。当然、質量が小さく空気抵抗が大きいほどに終速度は遅くなり、質量が大きく空気抵抗が小さいほどに速度は速くなる。

人間の終速度はおよそ時速二〇〇キロにもなる。猫の場合でも時速一〇〇キロになり、落下事故もあるが、蟻の場合、終速度は時速二〇〜三〇キロ程度だという。蟻には時速数十キロでぶつかっても背骨がなく、全身が硬い骨格で覆われているため、どれだけ高い場所から落ちても死ぬ心配はまったくない。小さくて丈夫な昆虫はたいてい大丈夫のようだ。

こまごまと大河の如く蟻の列　　深見けん二

蚯蚓（みみず）　雌雄同体だが一匹では繁殖できない

蚯蚓出づ（みみずいづ）　秋　蚯蚓鳴く（みみずなく）

環形動物の貧毛類に属し、もっともよく見られるのは縞蚯蚓（しまみみず）。体は細長い円筒形で、多数の環節から成る。陸生または淡水生。全世界で約三〇〇〇種、体長二ミリメートルから二メートル以上になる大型のものもいる。土や有機物などを摂取し、粒状の糞を排出する。糞には植物に有益なさまざまな栄養素が含まれ、土壌を豊かにする。

体の前端に頭があり、やや後方の太くなった環帯と呼ばれる部分に生殖器官がある。多くは一匹が雄であり、同時に雌という雌雄同体。生殖時には二匹が体を逆方向に向けて、腹の部分をくっつけあい、交互に精子を交換する。両方ともに受精して卵を産む。目はないが光を感じる細胞があり、光を嫌い、暗がりのほうへ進む性質がある。みみずの名は、目がなくて見ることができないので、「目見ず（めみず）」が転じたとする説や、日光を見ないため「日見ず（ひみず）」から転じたなどの説がある。魚を釣るには格好の餌になるが、民間漢方薬では古くから乾燥させたものが解熱剤として使われてきた。

十字架の釘のごとくに蚯蚓死す　対馬康子

―紫陽花（あじさい／あぢさゐ）―　シーボルトは愛妻の名を学名に

四葩（よひら）　七変化（しちへんげ）　手毬花（てまりばな）

ユキノシタ科の落葉低木。日本に自生していた額紫陽花の園芸品種で、奈良時代からあったといわれる。『万葉集』にも大伴家持（おおとものやかもち）と橘諸兄（たちばなのもろえ）が詠んでいる。江戸時代にドイツ人医師のシーボルトは紫陽花について研究した。日本地図を持ち出そうとして国外追放になるが、紫陽花を持って帰国。植物図鑑を編集し、学名を Hydrangeaotaksa ヒュドランゲア・オタクサと名付けた。この〝オタクサ〟とはシーボルトが日本で結婚した〝お瀧（たき）さん〟（楠本瀧）からとった。彼は愛妻の名を学名にしたのだ。しかし、記載済の種と一致することが判明。オタクサは無効となり、今は H. macrophylla マクロフィラになっている。ちなみに花言葉のひとつは「辛抱強い愛情」。

花の色が淡空色から、白、藍（あい）、淡紅色と変化し、「七変化」の別名がある。色が変わるのは、アントシアニンという色素や補助色素、アルミニウムのバランスなどによる。アルカリ性の土壌では赤みが強くなり、酸性土壌では青みが強くなる。

あなたと視るあじさいよりもたわわな思慕　楠本憲吉

―夾竹桃（きょうちくとう／けふちくたう）― 河豚（ふぐ）より、青酸カリより怖い？

桃葉紅（とうようこう）　半年紅（はんねんこう）

炎熱の夏を長々と咲き続けるキョウチクトウ科の常緑低木。「夾」には中国語で〝挟まる〟とか〝混ざる〟の意味があり、葉が竹に、花が桃に似ていることから、「夾竹桃」と呼ばれる。インド原産で、江戸時代に渡来。庭木や薬用にもなっている。乾燥、大気汚染に強く、道路沿いや工場周辺にも植えられる。また、原爆投下後の広島で最初に花を咲かせたことから、復興のシンボルとされ、広島市の花にもなっている。ほぼすべての部分に有毒の乳液を含んでいて、周辺の土にも毒性がある。燃やしても毒。素手で触れただけでも炎症を起こしてしまうこともあるので、剪定（せんてい）の時などは要注意。強いオレアンドリンなどが毒の成分で、体内に入ると食欲不振や嘔吐（おうと）、心臓発作などを引き起こす。枝を箸（はし）や串（くし）の代わりに使って食事をして死亡したという例もあるという。家畜や子供の事故もときどき起きる。いっぽう、オレアンドリンは強心薬などの薬用にも利用されている。花言葉は「注意」「用心」「危険」。

ヒロシマの夾竹桃が咲きにけり　　西嶋あさ子

―バナナ―　輸入ものは全て「青バナナ」

バナナ籠(かご)　青(あお)バナナ　実芭蕉(みばしょう)

東南アジア原産のバショウ科の多年草。エネルギー量は果物のなかでトップクラス。一本あたりのカロリーはご飯半膳分。カロテン、ビタミンB_1・B_2・C、カリウムのほか、食物繊維、ペクチン、オリゴ糖を含んでいて、便秘解消、高血圧予防、肌荒れに効果があるという。消化吸収されやすいので、忙しい朝食にも愛されている。

農作物に被害を及ぼす可能性のある害虫の侵入を防ぐため、熟したバナナの輸入は植物防疫法により禁止されている。日本に陸揚げされたバナナはすべて「青バナナ」で、倉庫などで数日保管し、熟成させる。ちなみに、輸入バナナはフィリピン産が約八割を占め、エクアドル、台湾と続く。高浜虚子がパイナップルなどとともに熱帯季語として『新歳時記』に採用してから、季語になった。その虚子の句は「痴呆(ちほう)俳句」として論議を呼んだ。無の境地とも、禅の境地ともとれるし、解釈はそれぞれである。「耄碌(もうろく)俳句」を唱える坪内稔典などの主張とともに面白い。

川を見るバナナの皮は手より落ち　　高浜虚子

苺（いちご）――「あまおう」の名前の由来

覆盆子（いちご）　野苺（のいちご）　草苺（くさいちご）　苺狩（いちごがり）　苺摘み（いちごつみ）　苺畑（いちごばたけ）　㊀冬苺（ふゆいちご）

バラ科の多年草。春から初夏に白い花が咲き、のち赤い実が熟す。木苺、草苺、野苺、蛇苺などがあるが、食卓に上るのは和蘭（オランダ）苺。南アメリカ原産で一八四〇（天保一一）年にオランダ人によって長崎にもたらされ、明治の末から栽培が始まった。

主要産地と種類は栃木の「とちおとめ」、福岡の「あまおう」、熊本の「ゆうべに」など近年は毎年のように新種が次々に登場し、さながら戦国時代の様相だ。福岡県産の「あまおう」は最初の品種名が「福岡Ｓ６号」で、二〇〇二年に販売開始する際に名前を公募。その応募の中から「あまいおうさま、甘王」からではなく、「あかいまるい　おおきい　うまい」の四文字を取った。赤の色艶（いろつや）がよく、形が整っていて粒も大きく、糖度が高い。ビタミン、ポリフェノール、カリウムなどが豊富。二〇一五年には「あまおう」は世界最重量の苺として、ギネス記録に認定されたものの、二〇一九年に登場した奈良県の「珠姫（たまひめ）」はキウイほどの大きさもある。

悪女かも知れず苺の紅つぶす　　三好潤子

─馬鈴薯(じゃがいも)の花─　マリー・アントワネットがこよなく愛した

じゃがたらの花(はな)　馬鈴薯(ばれいしょ)の花(はな)　じゃがたらいもの花(はな)

ナス科の多年草。日本にはオランダ人がジャガタラ（現インドネシア）から持ち込んだので「じゃがたらいも」、略して「じゃがいも」と呼ばれる。開花は初夏。白または薄紫の小さな星型の花が畑一面に咲くと美しい。

マリー・アントワネットはハプスブルク帝国の「女帝」マリア・テレジアの末娘。一四歳でフランスに嫁ぎ、ルイ一六世の妃になった。彼女の言葉ではないが「パンがなければお菓子を食べればいいじゃない」と発言したと流布され、浪費家、放蕩(ほうとう)が喧伝(けんでん)され、フランス革命の際、ギロチンで処刑された。その彼女が一番愛したのは薔薇(ばら)や百合(ゆり)ではなく、馬鈴薯の花。舞踏会などでも、好んで髪飾りにしたという。自然が大好きで田舎暮らしにあこがれ、ベルサイユ宮殿の中に村落「アモー」（プチトリアノン）を建設。田園生活を楽しんだ。山羊(やぎ)や豚、牛などが飼われていたという。しかし、飢えていた農民からすれば、それも享楽にすぎず、彼女への攻撃材料となった。

じやがいもの花に言霊ねむりけり　佐藤鬼房

—蕗（ふき）—　高さ三メートルもの蕗がある

蕗（ふき）の葉（は）　蕗畑（ふきばたけ）　蕗（ふき）の広場（ひろば）　秋田蕗（あきたぶき）　伽羅蕗（きゃらぶき）　蕗若葉（ふきわかば）

キク科の多年草で日本原産の野菜。早春の蕗の薹（とう）はやがて花を咲かせ、葉柄を伸ばし、大きな葉を広げる。この葉柄を煮物、あえ物、炒め物などにする。伽羅蕗は保存食として佃煮にしたもの。秋田蕗は二メートルにもなる大型で東北以北に自生する。
その秋田蕗の仲間で北海道の足寄町螺湾（あしょろちょうらわん）地域に自生している螺湾蕗は、高さ三メートル、太さが一〇センチにもなる。しっかり雨宿りもできる日本一の巨大な蕗だ。蕗の下には幸運を呼ぶ神コロポックルが棲んでいるというアイヌ伝説があるが、この下に立てばコロボックルに出会えそうだ。なぜ足寄町でのみこれほど大きく育つのかは地質が大きく影響しているようだが、解明できていない。二〇〇一（平成一三）年には北海道遺産に選定され、苗や種の足寄町以外への持ち出しは禁止されている。シャキシャキした食感もよく、山蕗よりもアクが少なく、ミネラル、食物繊維が豊富で、ポリフェノールも含有。健康食材としても注目されている。

秋田蕗の下に十人座して撮る　松崎鉄之介

―メロン―　網目模様はかさぶた

マスクメロン　アンデスメロン　プリンスメロン　夕張(ゆうばり)メロン　アムスメロン

メロンはウリ科の一年草の果実。明治初年に日本に導入された。マスクメロンは網目模様の代表的品種。網目は、スベリンという物質でできていて、コルクの主要な成分でもあり、「コルク細胞」とも呼ばれる。メロンは交配後、実はしばらくツルツルで、縦方向に卵型に生長してゆく。そして、一五日目くらいから皮の伸縮性がなくなり、皮が硬くなる。しかし、今度は横方向に内側の果肉部分が急に生長してゆく。皮に伸縮性が失なわれているため、ヒビが入る。すると、内側からスベリンが分泌され、果実の水分が失われていくのを防ぐ。このスベリンがコルク状に固まりヒビをふさぎ、網目模様ができるのだ。皮膚の傷跡を保護する人間の「かさぶた」によく似ている。

きれいな網目模様は、農家の人達の温度と水の徹底した管理のなせる技(わざ)。絶妙なタイミングの水やりなどで、その生長をコントロール。網目模様が均一になればなるほど、正常に生長した美味しい「高級メロン」となって市場に出回る。

丹精の網目がつゝむメロンかな　大石暁座

―キャベツ―　そのままにしておくと菜の花が咲く

甘藍　玉菜　牡丹菜　㊅芽キャベツ　葉牡丹

ヨーロッパ原産のキャベツが日本に伝わったのは江戸時代。明治以降、全国各地へ普及した。収穫時期の違いにより、春キャベツ、夏秋キャベツ、冬キャベツがあるが、もっとも需要が多いのが夏秋キャベツ。その主な生産地は、群馬県嬬恋村や、長野県八ヶ岳山麓で、両県だけで、全国生産量の半分以上を占める。

収穫せずに越冬して春を迎えると、キャベツの球から茎が伸びる。これを〝薹が立つ〟といい、すでに旬が過ぎている。黄色い十字の菜の花が咲いて実をつけ、種ができる。同じアブラナ科の白菜も同様。キャベツには「ビタミンU」（別名「キャベジン」）が多く含まれ、胃の粘膜を守ってくれる。キャベジン名の胃薬として市販されている。熱に弱いので、トンカツなどと一緒に生で食べるのは、理にかなっているのだ。種類は多く、「芽キャベツ」、「葉牡丹」はその変種で、ともに冬の季語。芽キャベツは子持甘藍、姫キャベツともいわれ寒さに強く、冬にかけて旬の食材となる。

貧厨にどかとキャベツを据ゑにけり　菖蒲あや

―玉葱（たまねぎ）― 苺と同じ甘さ！

ユリ科ネギ属の野菜。古代エジプトでは玉葱は蒜（にんにく）同様、ピラミッドを築くときに食べられていた。また、ミイラの保存にも使われ、目のくぼみや包帯の間に挟んだりしていたという。古代エジプト人は、玉葱を〝魔力を持つ野菜〟と思い、死者に活力を与えようとしたようだ。日本には明治初年頃に渡来。生で食べるとちょっと辛いが、炒めると甘くなる。生玉葱はもともと甘く、その糖分は一〇〇グラム中約七グラム。これは苺と同じ甘さなのだ。炒めると、糖分が濃縮されいっそう甘くなる。植物は寒い季節や乾燥期に入ると活動を停止するが、それを冬眠ならぬ「休眠」という。玉葱を軒などに下げて長期間保存ができるのは、この休眠のため。蒜、じゃがいもも同様だ。国内の生産量の半分以上は北海道が占めている。

うさぎ、犬、猫などが食べると、玉葱成分の有機硫黄化合物が赤血球を破壊して中毒を起こしてしまう。愛するペットに食べさせてはいけない。

どの家も不在玉葱吊しゐて　谷口智行

茗荷の子 ―"食べ過ぎると物忘れがひどくなる"真相

茗荷汁　茗荷掘る　春茗荷竹　秋茗荷の花　秋茗荷

茗荷はショウガ科の多年草。「茗荷竹」（春の季語）は宿根から生じる若芽だが、独特の風味と清涼感がある。一般的に食べるのは「茗荷の子」で、根元近くの蕾を土から掘り出して収穫。蕾からは淡黄色の「茗荷の花」（秋の季語）が咲く。七～八月のものを夏茗荷、九～一〇月のものを秋茗荷という。

食べ過ぎると物忘れがひどくなるとよく言われるが、次のような話が残っている。釈迦には沢山の弟子がいたが、自分の名前すら覚えられない愚か者が、「周利槃特」だった。釈迦は自分の名を幟にして背負わせ、ほうきを渡して「ごみを払おう、垢を除こう」と唱えて掃除をしなさいと教えた。周利は毎日、忠実にこれを唱えながら掃除をし続けた。そして数十年経ち、心のごみや垢を全て除き、悟りを開くまでなった。周梨槃特が亡くなると、彼のお墓に見かけない草が生えてきた。自分の「名を背に荷って」努力し続けたことから、「茗荷」と名づけられたという。

忘却に責任はなし茗荷の子　瀬下るか

―玉蜀黍（とうもろこし／たうもろこし）の花（はな）―
織田信長が愛した

なんばんの花（はな）　花（はな）なんばん　唐黍（とうきび）の花（はな）

ときに高さ二メートルを超える玉蜀黍。その茎の先端にある、芒（すすき）のような穂が雄花で、実の先端にあるもじゃもじゃした毛が雌花。イネ科で花粉は風で飛ぶので、昆虫を呼び寄せる花を持たない。もじゃもじゃした雌しべの先は少しねばねばしていて、花粉が付きやすくなっている。収穫時には茶色にしおれているが、花盛りの雌しべにはシルクのような美しい光沢があり、「絹糸（けんし）」とも呼ばれる。

原産地は中米で、コロンブスが新大陸発見時にヨーロッパに運んだ。当初は食用だけでなく美しい「絹糸」を観賞するために栽培されていたという。日本へは一六世紀にポルトガル人が持ち込んだことで「なんばん」と呼ばれている。「玉蜀黍」は中国名。型破りで好奇心旺盛（おうせい）だった信長は、この玉蜀黍のもじゃもじゃの「絹糸」を愛でたと農学博士の稲垣栄洋も書いている。ちなみに絹糸は粒のひとつひとつから出ているため、粒の数と絹糸の数は同じになる。

兵散つてたうもろこしの花浄土　金箱戈止夫

秋

立秋から立冬の前日まで（八月七日頃〜一一月六日頃）

秋の航一大紺円盤の中　　中村草田男

秋＝金秋・白秋・素秋・白帝・三秋・九秋（秋の九〇日間）

三秋
・初秋（陽暦八月　陰暦七月）　立秋（八月七日頃）から白露前日まで。
・仲秋（陽暦九月　陰暦八月）　白露（九月七日頃）から寒露前日まで。
・晩秋（陽暦一〇月　陰暦九月）　寒露（一〇月八日頃）から立冬（一一月七日頃）前日まで。

二四節気（太陽の動きを二四等分したもの。それぞれの間は約一五日）では次のようになり、さらに五日ずつに分けた七二候（漢字熟語）がある。

◎**立秋**（八月七日頃）＝涼風が吹き、秋の気配を感じ、この日から秋になる。
涼風至　すずかぜいたる／**寒蟬鳴**　ひぐらしなく／**蒙霧升降**　ふかききりまとう

◎**処暑**（八月二三日頃）＝天地が澄み、暑さが一段落。稲が実りはじめる。
綿柎開　わたのはなしべひらく／**天地始粛**　てんちはじめてさむし／**禾乃登**　こくものすなわちみのる

◎**白露**（九月七日頃）＝草に露が下りて、白くなる。燕が帰り、雁が来る。
草露白　くさのつゆしろし／鶺鴒鳴　せきれいなく／玄鳥去　つばめさる
◎**秋分**（しゅうぶん）（九月二三日頃）＝虫すだく秋彼岸の中日。昼夜の長さがほぼ同じになる。
雷乃収声　かみなりすなわちこえをおさむ／蟄虫坏戸　むしかくれてとをふさぐ
／水始涸　みずはじめてかるる
◎**寒露**（一〇月八日頃）＝少しひんやりとし、露が寒さで霜になり、菊が咲く。
鴻雁来　こうがんきたる／菊花開　きくのはなひらく
／蟋蟀在戸　きりぎりすとにあり
◎**霜降**（そうこう）（一〇月二三日頃）＝晴天が続き初霜が降り、冬支度がはじまる。
霜始降　しもはじめてふる／霎時施　こさめときどきふる
／楓蔦黄　もみじつたきばむ

—名月（めいげつ）— アメリカの満月の呼び方は月によって違う

明月（めいげつ）　望月（もちづき）　満月（まんげつ）　今日（きょう）の月（つき）　月今宵（つきこよい）　十五夜（じゅうごや）　芋名月（いもめいげつ）

アメリカでは一二か月の満月にそれぞれ名前が付けられている。ネイティブアメリカンの生活に密着した古くからの呼びかたのようだ。そのごく一部を紹介しよう。

一月 wolf moon（狼月） cooking moon（料理月）。二月 hunger moon（飢餓月） budding moon（出芽月）。三月 sleepy moon（眠気月） windy moon（強風月）。四月 pink moon（桃色月） sprouting grass moon（萌芽月）。五月 flower moon（花月） corn planting moon（トウモロコシの種蒔き月）。六月 strawberry moon（苺月。イチゴの収穫の月） rose moon（薔薇月）。七月 thunder moon（雷月） hungry ghost moon（空腹な幽霊月）。八月 fruit moon（果物月）。九月 harvest moon（収穫月） corn moon（トウモロコシ月） chrysanthemum moon（菊月） mulberry moon（桑の実月）。一〇月 hunter's moon（狩猟月） kindly moon（親切な月）。一一月 white moon（白月） dark moon（暗月）。一二月 long night moon（長夜月）……。

名月やしづまりかへる土の色　許六

―台風―　沖縄に台風は「上陸」しない

颱風　台風圏　台風裡　台風禍　台風の眼

気象庁は、台風の中心が北海道、本州、四国、九州の海岸線に達した場合を「日本に上陸した台風」としている。それ以外の島を横切って再び海上に出る場合は「通過」なのだ。台風の中心が四島以外に至っても上陸とはいわない。したがって、最も多くの台風に襲われる沖縄県では台風の「上陸」はゼロ。「台風の中心がそれぞれの地域の気象官署等から三〇〇キロメートル以内に入った場合」を「接近した台風」としている。人が住む数多の島々に大きな被害を受けることがある。沖縄には最も多くの台風が「接近」し、「通過」しているのだ。

二〇一九年一〇月一二日の台風一九号の被害は甚大で、災害救助法適用自治体が一四都県の三九一市区町村にも及び、東日本大震災を超えて過去最大の適用となった。温室効果ガスなどの原因で海水温が上昇し、大型化したためだ。

ちなみに台風の呼び方は「大型」「超大型」だけで、「中型」「小型」は存在しない。

颱風の去って玄界灘の月　中村吉右衛門

―新酒― ドンペリよりも日本酒!?

今年酒　早稲酒　新走　新酒　利酒　聞酒　新酒糟

世界有数のシャンパンのドン・ペリニヨンを二八年間作り続けた巨匠リシャール・ジョフロワが、日本酒を高く評価し自ら酒造りの先頭に立つ。二〇一六年、彼が選んだ場所は雪深い富山県立山町の白岩。立山を望み富山湾を見下ろす棚田が広がる。そこに隈研吾設計の酒蔵が創られた。「分け隔てなく、すべてを包み込むような包容力のあるコミュニティの醸成」が、その理念だ。数種類の酒米を使った新ブランドで、世界を魅了する酒造りに挑む。新会社は、休業中のメーカーから酒造免許を引き継ぎ、国は地方創生の対象事業として三億円を拠出してバックアップ。社名を「白岩」と決定。

ブランド名は「ＩＷＡ　５」。ジョフロワは世界中のセレブやカリスマシェフに、美しい日本と日本酒をアピールするという。実験的なプロセスで毎年新しい「ＩＷＡ」が誕生するという。文字通りの新酒に期待は高まる。ゴージャスな日本酒がフランスワインに拮抗し、ドンペリ人気を超えるのは間近い？　マジか？

生きてあることのうれしき新酒かな　　吉井　勇

—どぶろく— 作っても許される場所が全国各地にある！

濁り酒（にごりざけ）　どびろく　濁酒（だくしゅ）

どぶろくはおいしい水に米と米麹を加え、発酵させてできる。三世紀後半の『魏志（ぎし）倭人伝（わじんでん）』に倭人は酒を嗜む（たしなむ）といった記述があり、昔から自宅でどぶろくを作る家も多く、その歴史は長い。現在の酒税法（一九五三年制定）では個人の酒造りは違法になっている。明治政府が日清、日露戦争の軍費調達のために酒から税金を取ろうしてできたものだが、当時は全税収のうち酒税の占める割合が約三割にも達したという。今では梅酒などの果実酒は自宅で作っても罰せられない。何故、どぶろくが違法になるのか納得いかない人も多く「どぶろく裁判」（敗訴）まで起きた。

二〇〇三年以降、規制緩和による地域活性化策で、約一六〇か所のどぶろく特区が全国各地に設けられている。ここでは一升瓶で三〇〇〇本以上製造され、祭りや地域振興の目的で特別な許可が下りている。飲食店や民宿等での販売もOKで、ネットで各地の名品を買うこともできる。やはり自家製を造ってみたい？

猪の出づる山なり濁り酒　小島　健

―新米(しんまい)―　新米はいつから古米になるのか？

今年米(ことしまい)　早稲(わせ)の飯(めし)

　国が収穫を基準に決めた食糧法（一九九五年一一月施行）の米穀年度（一一月一日～翌年一〇月三一日）によれば、毎年一一月一日から一年以上経た米は古米ということになる。つまり、収穫された米穀年度内であれば新米であり、その前年に収穫されたものは古米となる。しかし、この定義だと七月に出荷が始まる早生種（早場米）に適応できない。また、ＪＡＳ法の「玄米及び精米品質表示基準」によれば、新米と表示できるのは、収穫年の年末までに精白・包装された精米に限るとしている。

　米屋によっては梅雨時の品質劣化を考え、収穫から翌年の梅雨時までを新米、それ以降を古米としている店もある。しかし低温保存が普及し、梅雨時の劣化は防げるのが現状。要するに新米と古米の明確な定義はなく、新米が出回る前年の米は古米（ひねごめ）となり、一昨年の米は古古米となる。国の基準は意味をなさない。近年、地域色あふれる新たなブランド米が数多(あまた)出回る。おいしい新米を見つけよう。

　新米を詰められ袋立ちあがる　江川千代八

新蕎麦（しんそば）――ざる蕎麦ともり蕎麦の違いは？

秋蕎麦（あきそば）　走り蕎麦（はしりそば）

蕎麦の収穫は冬だが、新蕎麦はまだ十分に熟していない青いうちに刈り取り、ほどよい香りと風味を味わう。かつては調理の簡単な「蕎麦掻（そばがき）」（冬の季語）や蕎麦焼き餅として食されていた。現在のような「蕎麦切」の出現は室町時代からともいわれる。つけ汁に蕎麦をつけるのを面倒がるせっかちな江戸っ子が、つゆを蕎麦に直接かけ「ぶっかけ蕎麦」が生まれた。この「ぶっかけ蕎麦」と区別するために、つけ汁につけて食べる蕎麦を「もり蕎麦」と呼ぶようになったらしい。

「ざる蕎麦」が生まれた当時は、両者の違いは「器にざるを使うかどうか」だった。明治になって「ざる蕎麦」は当時高価だった「みりん」をつけ汁に加えたり、蕎麦の実の中心部分を使うなどして、高級蕎麦の位置づけになり、さらに海苔（のり）をかけて出すようになったようだ。いまでは一部の店を除き、両者は同じ材料で作られ、「ざる蕎麦」には海苔がかけられ、「もり蕎麦」にはそれがないという区別が一般的だ。

新蕎麦や着馴れしものをひとつ着て　石川桂郎

―大豆―　自給率は七パーセントなのに世界一の消費量

みそ豆　新大豆　畦豆　豆引く　大豆引　小豆引く　大豆干す　豆打つ　豆筵

　大豆は『古事記』にも登場している。日本人は米・麦・粟・稗・豆（大豆）を「五穀」と呼び、秋には「五穀豊穣」を祈り続けてきた。ドイツで「畑の肉」とネーミングされた大豆を、日本人は豆腐、味噌、醤油、油揚げ、納豆、枝豆、きな粉、ゆば等さまざまに加工し食卓を豊かにしてきた。

　しかし、その自給率はわずか七パーセントしかない。しかも日本人の消費量は世界一で、年間一人当たりの摂取量は約八・一九キロといわれる。これに対して最大の生産国であり、最大の輸入先のアメリカでは、一人当たりわずか四〇グラムしかない。合衆国政府が発表した、ガン予防に効果があるとされる「デザイナーフーズ」のうち、大豆は最も有効とされる八種類の野菜に入っている。ちなみに残りの七種類は、蒜・キャベツ・生姜・人参・セロリ・甘草・パースニップ。もしアメリカが輸出規制をしたら、日本の食生活はたちまちパニックに陥り、即刻長寿国返上！　になる。

パン運ぶ蟻大豆干すわれ等　　飴山　實

胡麻（ごま）――「開けゴマ！」の由来と胡麻のパワー

新胡麻（しんごま）　胡麻刈る（ごまかる）　胡麻干す（ごまほす）　胡麻叩く（ごまたたく）

古く中国から渡来したゴマ科の一年草。九月ごろに刈り取って、干し、叩いて細かな種子を収穫する。黒・白・淡黄色があり、くろごま、しろごま、きんごまと呼ばれる。胡麻塩、胡麻和えなどの食用とし、また、胡麻油を搾る。胡麻や胡麻油には悪玉コレステロールを体外に排出する不飽和脂肪酸、良質なたんぱく質、老化を食い止めるビタミンEも多い。さらに鉄分、カルシウムが豊富で、小粒でも大活躍。医薬品や工業用、髪油などに使われている。

「開けゴマ！」のルーツは物語『アラビアンナイト』の「アリババと四〇人の盗賊」にある。盗賊が「開けゴマ」と呪文を唱えると、宝の洞窟（どうくつ）の扉が開くことから、現代でも開きにくいものに直面したときのおまじないとして使われている。なぜ胡麻なのかというと、胡麻は栄養豊富で貴重だった、神秘性があった、また、胡麻を炒ると実がはじけて開く様子から生まれた、などとさまざまな説がある。

長生きをしきりに詫びて胡麻叩く　　小原啄葉

—鳩吹— 鳩はミルクで子育てをする？

鳩吹く　鳩笛

不思議な季語だが、もともとは山鳩を捕らえるために両手を組み合わせて鳩の鳴き声を出すことを指し、鷹狩や鹿狩の際の合図にも使われたらしい。神社や駅でもなじみ深い鳥だが、コロナ禍の公園に群れる鳩を見た子供が「密だ～」と叫んで蹴散らす光景を目撃した。鳩は仰向けにされて握られると動けなくなる。死んだふりらしいが、これを利用しているのが手品師たち。「仰向け」という非常時にどう対応していいのかわからず動けなくなってしまうようだ。蛇足ながらベトナム語で鳩は「チンポコ」。

鳩の乳は「ピジョンミルク」とも呼ばれる。これは食道の一部が袋状になった「嗉嚢」で作られる。チーズがとろけたような状態で脂肪やたんぱく質を多く含むという。雛は親鳥のくちばしの中に自分のくちばしを入れてこれを飲む。成長するにしたがい嗉嚢で柔らかさを調節し、徐々に硬いものを食べられるようになる。まるで離乳食のように。雄も同じものを作ることができ、つがいで子育てをする。

鳩吹くや犬は夕日にうづくまる　　村山古郷

踊（おどり／をどり）　「踊」と「躍」はどう違うのか？

盆踊（ぼんおどり）　踊子（おどりこ）　踊場（おどりば）　踊太鼓（おどりだいこ）　踊唄（おどりうた）　踊笠（おどりがさ）　踊櫓（おどりやぐら）　阿波踊（あわおどり）　音頭取（おんどとり）

俳句では「踊」だけで盆踊のことを指し、秋の季語になる。本来は盆に帰ってきた精霊を慰め、送るためのもので簡単な手ぶりの繰り返しによる輪踊りが多い。現在ではその意味が薄れ、親睦のためだったり、娯楽性の強いものになっている。大半の国語辞典では「踊る」と「躍る」は同じ意味の言葉として扱われていて、『広辞苑』には「跳る」も入っている。文化庁の『言葉に関する問答集（総集編）』は二つの言葉を明確に区別し、【踊る】ある決まりに従っておどるおどり【躍る】勢いよく飛びあがること、としている。『新版漢語林』の解字欄によると、「踊」の甬は用に通じ、「もちあげる」の意味。「あしをもちあげておどる」の意味を表す。「躍」の翟は「きじ」の意味。「きじのように高く速くおどる」の意味を表す。「跳」の兆は「うらないのときに現れる亀甲の上のわれめの象形で、はじけわれる」の意味とある。

漢字の成り立ちを考えると使い分けるのがより分かりやすくなる。

あと戻り多き踊にして進む　中原道夫

一相撲(すまふ)(すもう)一　東と西があり、東が格上のわけ

角力(すもう)　宮相撲(みやずもう)　草相撲(くさずもう)　辻相撲(つじずもう)　相撲取(すもうとり)　土俵(どひょう)　秋場所(あきばしょ)　九月場所(くがつばしょ)

平安時代に行われていた一年を占う「節会相撲(せちえ)」では、「天子、北を背にして南面す」の故事から、天皇は南を向いて座っていた。したがって東を左、西を右としていた。日本神話では左が「陽」、右が「陰」の性質だという。太陽は東から昇り西に沈むので太陽が昇る東を重んじたようだ。この座り方は中国から来たといわれ、北の北極星が世界の中心で不動の存在としていたことに由来する。そのため天皇から見て左が優位になり、左大臣と右大臣では左大臣が格上とされていた。

確認できる相撲史最古の番付は江戸時代の『大江俊光記』(一六九六年)にあり、力士を出身地別に分け、近江国(滋賀県)以東を東方力士、以西を西方力士としていた。現在は、周知のように東西の分け方は番付毎になっている。前場所の番付と成績により東西に分けられる。格付け的には東が半枚上になるので、同じ格でも、西にされた関取は「半枚に泣く」という。

持ちまえのがむしゃらが出て負相撲　高澤良一

月見（つきみ）

月に兎がいるようになったのはなぜ？

観月（かんげつ）　月祭る（つきまつる）　月の宴（つきのえん）　月の座（つきのざ）　月の友（つきのとも）　月の宿（つきのやど）　月見団子（つきみだんご）　月見酒（つきみざけ）　月見舟（つきみぶね）

「月見」といえば「中秋の名月」をさす。その影の模様が兎に見えることから、「月に兎がいる」という伝承がアジア各地に古くからある。インドの仏典『ジャータカ』が原点ともいわれるが、日本に渡来して、日本最大の古代説話集『今昔物語集』にも収録され、語り継がれてきた。その内容は以下のようなものである。

昔、猿・狐・兎の三匹が、力尽きそうなみすぼらしい老人に出逢った。三匹は老人を助けようとした。猿はさまざまな木の実や里の野菜を集め、狐はお供え物のご飯や魚を老人に与えた。しかし兎だけは、どんなに苦労しても何も持ってこられなかった。自分の非力さを嘆いた兎は、猿と狐に頼んで火を焚いてもらい、自らの身を食料として捧げるべく、火の中へ飛び込んだ。その姿を見た老人は、帝釈天（たいしゃくてん）としての正体を現し、兎の捨て身の行為を後世まで伝えるため、兎を月へと昇らせた。月の兎の姿の周囲の影は、兎が身を焼いた際の煙だという。

煌々と乱世見ている月兎　　塩路五郎

―紅葉狩(もみじがり)(もみぢがり)―

江戸時代から庶民のものに

紅葉見(もみじみ)　紅葉酒(もみじざけ)　紅葉茶屋(もみじぢゃや)　紅葉焚く(もみじたく)　観楓(かんぷう)　紅葉の舟(もみじのふね)

「狩」(冬の季語)は獣を捕まえる狩猟の意味だが、やがて、野鳥や小動物を捕まえる意味に広がり、さらに茸(きのこ)や野草を求めて野山に入ること、そして「蜜柑(みかん)狩」「苺(いちご)狩」「潮干狩」など果物や貝を採る意味にも使われるようになった。紅葉狩は「紅葉の葉を拾いに行くこと」ではなく、「紅葉を見にでかける」意味。中世にはそのために行幸が行われた。平安時代、狩猟をしない貴族が美しい自然を愛(め)でることや、紅葉(草花)を手に取って眺めたことを「狩」と使った。

紅葉狩は、もっぱら宮廷や貴族の遊びであったが、江戸時代以降、庶民の間にも広まり、全国各地の名所に出かけるようになった。昼夜の寒暖差が激しく、太陽と水分に恵まれた日本の気候風土が生み出す紅葉は、世界にも例がない美しさらしい。『源氏物語』の「紅葉賀」が知られ、謡曲「紅葉狩」は戸隠高原が舞台。白楽天の「林間に酒を暖めて紅葉を焚く」の情緒が日本人にも古くから愛されてきている。

いつぽんは鬼より紅し紅葉狩　　鍵和田秞子

震災忌（しんさいき）　デマによって六六〇〇人が殺された

震災記念日（しんさいきねんび）

一九二三（大正一二）年九月一日午前一一時五八分の関東大震災を指す。震源地は相模湾。マグニチュード7・9。お昼の用意の時間だったため焼死者が多く、死者九万九千人、行方不明者四万三千人、全焼二一万二千棟、全壊一〇万九千棟に及んだといわれる。この混乱時に「朝鮮人が暴動を起こしている」などのデマが流れ、朝鮮人が多数虐殺された。その数は六六〇〇人との調査があるが、正確な数はいまだにはっきりしていない。亀戸事件、甘粕事件（大杉栄、伊藤野枝らが虐殺された）も起きた。

その後、一九九五年に阪神淡路大震災が「阪神忌」、二〇一一年東日本大震災が「東北忌」で詠まれるが、地名に忌を付けただけでよいのかという反論ももっともだ。二〇一六年の熊本地震、二〇一八年の西日本豪雨、二〇一九年の台風一九号と続いた。災害は地球各地で拡大するばかりだ。二〇二〇年の新型コロナウイルスを自然災害に加えると、地球は大丈夫だろうが、人類は大丈夫なのかと頭を抱えてしまう。

犠牲者の数の灯凍る震災忌　服部菰舟

愛(あい)の羽根(はね)

―赤(あか)い羽根(はね)― どうして赤い羽根なのか？

赤い羽根共同募金運動は毎年一〇月一日から始まる。赤い羽根はアメリカの募金(United Way)で一九一〇年代に使われたのが始まり。その背景には、イギリスの三銃士やロビンフッドが正義の印として帽子につけ、アメリカの先住民族が、勇者のシンボルとしてつけていたということがあり、欧米では「勇気」と「善行」のシンボルになっている。

日本の一回目の共同募金は一九四七（昭和二二）年の敗戦直後の混乱の中、わずか一か月で約六億円が集まった。現在の価値に換算すると一二〇〇億円にも相当するといい、主に戦争で家や家族を失った孤児のために使われた。それから七〇余年。

現在は、毎年五千万本の鶏の羽根が用意される。その原価は一本約二・六円。私が住む町内会では「一本ずつお取りください」と募金がまとめて拠出された後に回覧板が回ってくる。これでは共同募金ならぬ強制募金ではないかという気も……。

赤い羽根つけてどこへも行かぬ母　加倉井秋を

文化の日（ぶんかのひ／ぶんくわのひ）　文化の日は「まんがの日」？

明治節（めいじせつ）　文化祭（ぶんかさい）

この日は明治天皇の誕生日であり、明治時代は天長節、一九二七（昭和二）年から第二次世界大戦後の一九四八年（昭和二三）に廃止されるまで、明治節と言われる祝日だった。廃止の二年前、一九四六（昭和二一）年一一月三日は、世界で初めて戦争放棄を謳った日本国憲法が公布され、文化の日と定められた。「自由と平和を愛し、文化をすすめる日」の趣旨のもとに文化勲章の授与などが行われ、学園祭もこの前後に開かれ、多くの美術館や博物館が無料になる。

漫画の神様・手塚治虫の誕生日でもあり、日本漫画家協会と出版五社によって二〇〇二（平成一四）年には「まんがの日」に制定された。なお、漫画の記念日は二月九日（手塚治虫の命日）、七月一七日（イギリスで風刺週刊誌が発刊）と、一年に三日もある。一一月三日は文具の日、レコードの日、蜜柑の日、サンドウィッチの日、いいレザーの日、いいお産の日……でもあるが、いずれも季語としては定着していない。

カレーの香ただよふ雨の文化の日　大島民郎

世阿弥忌（ぜあみき）──残された名言が俳句をも導く

〈一説に一四四四年陰暦八月八日、能楽大成者世阿弥の忌日〉

観阿弥の子である世阿弥は、足利義満の庇護のもと、京都に観世座を開く。猿楽能を純化し、能楽を完成させる。義満の死後は不遇となり、七二歳で佐渡に流され、以降は不明。八〇歳（？）で死没。数々の謡曲を残し、演者としてもすぐれ、日本の芸道の最高峰に立つ。能楽理論書『風姿花伝』をはじめ、数々の至言を残した。

「初心忘るべからず」「秘すれば花」などは有名だが、それにとどまらない。「衆人愛敬」（大衆に愛されることが一座の中心である）。「離見の見」（自分の姿を客観的によく見なければならない）。「稽古（けいこ）は強かれ、情識はなかれ」（稽古も舞台も、厳しくつとめ、決して傲慢（ごうまん）になってはならない）。「年々去来の花を忘るべからず」（一段ずつ上ってきた道で自然と身についた技法を全て持つことを忘れない）。「住する所なきを、まず花と知るべし」（花を咲かせ続けるには、停滞することなく変化し続けなければならない）。これらの名言は作句にも通底するだろう。

読むたびに意の改まり世阿弥の忌　　鷹羽狩行

一夢二忌一　美術館での常設展示数が誰よりも多い！

〈一九三四年九月一日、画家・詩人・デザイナー竹久夢二の忌日〉

絵を志して雑誌、新聞にさし絵や詩の寄稿をすることから、夢二のキャリアは始まった。やがて数多くの美人画を残し「夢二式美人」と呼ばれた。その女性像は、「宵待草」などの抒情的な詩・短歌とともに、大正ロマンを代表する。

出身地岡山には夢二郷土美術館本館と、生家記念館・少年山荘がある。群馬県には一万六〇〇〇点を保有する竹久夢二伊香保記念館があり、本館黒船館、本館大正ロマンの館、別館・夢二子供絵の館が配置。榛名湖畔にはアトリエが復元されている。東京・文京区にも夢二美術館がある。妻と恋人と縁のある金沢には金沢湯涌夢二館が創設されている。さらに日光の小さな夢二の美術館・花茶寮でも作品に触れられる。たまき、彦乃、お葉の三人が取沙汰されるが、入籍したのはたまきのみ。

生涯、一二五六句残し、木暮亭により『夢二句集』（筑摩書房刊）が上梓されている。群馬県伊香保では、その俳業をたたえて、夢二忌俳句大会が毎年行われている。

夢二忌の銀座に最中買ひてをり　細谷喨々

―牧水忌(ぼくすいき)― 生きたままアルコール漬け

〈一九二八年九月一七日、歌人若山牧水の忌日〉

白玉の歯にしみとほる秋の夜の酒は静かに飲むべかりけり

などの名歌でよく知られる牧水。早稲田大学では北原白秋と親交があり、石川啄木(たくぼく)の臨終にも立ち会った。旅と酒をこよなく愛し、その記念館は晩年の九年を過ごした静岡県沼津市の千本松原の一角にある。一日一升飲んだともいわれ、四三歳で肝硬変のため亡くなった。九月一七日はまだ暑かったにもかかわらず、しばらく遺体から腐臭がしなかったという。医師は肝臓が機能しないのに飲み続けたために〝生きたままアルコール漬けになった〟と驚いた。彼が愛した「藍色の蝙蝠の盃」は、遺体とともに火葬され、その藍色が生前よりも鮮やかになって出てきたという。その盃は私が記念館を訪れたときも飾られていて、小ささと美しい藍色が目に焼き付いている。

平明流麗な歌風で、生涯に作った歌は約九〇〇〇首。日本各地を旅して、歌碑は全国に三一〇を数え、その歌は現在もなお広く愛唱され続けている。

白玉の寂しくなる歯牧水忌　　禰寝瓶史

賢治忌(けんじき)　俳句も短歌も詠んでいた！

〈一九三三年九月二一日、詩人・児童文学者宮沢賢治の忌日〉

生家は古着・質商。盛岡中学校入学時から、啄木の影響もあり、盛んに短歌を作りはじめた。法華経に帰依。一時上京して布教生活を送りつつ、「法華文学」の創作に取り組み、ひと月に三〇〇〇枚も書いたという。妹トシの病で帰郷後は農学校で教鞭(きょうべん)も執り、生涯一〇〇〇首ほど詠んでいる。高等農学校時代には童話、詩や散文の習作をはじめ、農業指導に献身。『春と修羅』『注文の多い料理店』を刊行したが、無名のまま死去し、草野心平らの尽力で有名になった。病床で手帳に綴(つづ)った「雨ニモマケズ」の詩稿用紙に書かれた終の二句がある。俳人・石寒太は、賢治の俳句は三つに分類できるという。一番目は二七歳頃のものと、他界するまでの二年間前後の一般作品。二番目は菊にまつわる連作。そして、三番目が連句の付句のような作品、と解説する。

俳号は風耿(ふうこう)。確認されている三〇句余りの俳句は賢治作品の原石ともいえるだろう。毎年、生誕日（八月二七日）に花巻市で「宮沢賢治生誕祭全国俳句大会」を開催。

賢治忌の草鉄砲を鳴らしけり　　大西　朋

鯔（ぼら）――「とどの詰まり」の語源になった

おぼこ　洲走（すばしり）　いな　鯔釣（ぼらつり）　鯔飛（ぼらと）ぶ

出世魚のひとつで、孵化（ふか）して二、三か月を海で過ごし、春先に川を遡上（そじょう）し始める。その幼魚を「はく」、一〇センチ前後のものを「おぼこ」「すばしり」と呼ぶ。川で三年ほど過ごし、秋に海に下る頃は二五センチほどになり、「いな」と呼ばれ、年を越して三五～五〇センチの成魚を鯔と呼ぶ。川口や浅海によく飛び跳ねている。寿命は七、八年だが、五年以上生きているものは「とど」と呼ばれる。変名もこれが最後で、ここからできた言葉が「とどの詰まり」。出世魚が「とどの詰まり」の後、さらに長生きすると海坊主に化けるとか。出世しても、ろくなことはないということか？　ハーレムを作る哺乳類のトド（アシカ科）になるわけではないので念のため。

秋になると脂がのって美味。食べ方も多彩で、刺身や洗いにして、辛子酢味噌や生姜醤油で味わうほか、塩焼きやてんぷらなどにも向いている。鯔の卵巣を塩漬けにして干して固めたものが長崎名産の「からすみ」である。

すばしりと呼ぶ鯔ならん飛べるなり　　矢野景一

一鱸(すずき)一　出世魚だが鱸からさらに出世する！

木(こ)っ葉(ぱ)　せいご　ふっこ　鱸釣(すずきつり)　鱸網(すずきあみ)

鱸は鯔(ぼら)、鰤(ぶり)とともに出世魚として知られ、鯛(たい)に次ぐ美しい魚として称賛されている。その出世していく過程の名前は、地方によって呼び名が異なる。関東なら稚魚の「こっぱ」からやや大きいものを「せいご」、二、三年したものを「ふっこ」（四〇〜六〇センチ）、そして六〇センチ以上のものを鱸と呼ぶ。関西では鱸となる前の呼び名が「はね」、東海では「まだか」と呼ばれるようだ。さまざまな呼び名を経て出世していくが、その出世は鱸では終わらない。最大で一〇〇センチほどに成長し、この段階へと成長したものは関東地方で「おおたろう」（老成魚）と呼ばれる。ただし関西ではどれほど大きくても鱸どまり。「おおたろう」への出世の道はない。

ちなみに、鱸の漁獲量が最も多いのは千葉県。脂肪が乗り、刺身、膾(なます)、塩焼きとしておいしい。パワフルな魚で、釣りの熟練者でも時には糸を切られてしまうほど。難易度が高く、大きいだけに釣り人にはたまらない人気者になっている。

舟板に撲たれ横たふ鱸かな　　楠目橙黄子

一鰯（いわし）一　やはり鰯は弱い魚か

鰮（いわし）　真鰯（まいわし）　鰯売（いわしうり）　鰯干す（いわしほす）　鰯引く（いわしひく）　鰯網（いわしあみ）　冬　潤目鰯（うるめいわし）　うるめ

鰯は真鰯、片口鰯などの総称。小さく、水揚げされた瞬間から傷んでいくので、漁師たちが「弱し（よわし）」と呼ぶようになり、弱しが変化して「いわし」と呼ばれたという。旬は秋で、暖流に乗り、近海の色が変わるほど群れを成して押し寄せることもあり、各地で地曳網（じびきあみ）も活躍し大漁となる。近年は新鮮な状態で食卓に届ける技術が発達し、鮮度のいいものが安価で手に入る。日本海側では、春から初夏に東上するという。生臭く少し抵抗のある鰯も焼けば「鰯の頭は雁の味」ともいわれ、頭こそ旨いともいわれる。「鰯の頭も信心から」は、とるに足らないものでも信じさえすれば尊いものに思える意味。食用の他、油を取ったり、肥料や飼料にもなる。

「しらす」や「ちりめん」は基本的には片口鰯の稚魚で、春先が旬となり、いずれも春の季語。生の状態、あるいは、茹でたり干してすぐの状態だったりする稚魚は「しらす」と呼び、ある程度固くなるまで干し続けたものを「ちりめん」と呼ぶ。

鰯来て濃紺膨る湾の沖　　殿村菟絲子

―鯊―　木に登ってしまうものもいる！

鯊の秋　鯊日和　鯊の潮　鯊釣り　鯊の竿　[春]子持鯊

鯊は全国に広く分布していて、川の鮒、海の鯊が釣り人に愛されている。天ぷらの材料や、佃煮にもなるが、店頭ではあまり見かけない。語源は諸説あるが、水底を走るように泳ぐことから「馳せ」が転じたという説も。

中でも跳鯊は有明海、八代海などの泥干潟を好んで生息し、肉食で春から秋に活動する。残念ながら食用には向いていない。全長約一〇センチ、体は灰褐色で白点と大きな黒点のまだら模様。眼は頭の上に突き出て左右が接近。別々に自由に動き平坦な干潟を見渡すことができる。干潟上ではときに尾びれを使ってジャンプし、潮が満ちると、水切りのような連続ジャンプでピョンピョンと陸地まで素早く移動する。陸生に適していて、鰓だけでなく皮膚呼吸もできる。陸に上がるときには鰓の部分に多くの水を含み、しばらくは陸で呼吸できる仕組みだ。吸盤状の腹びれで吸い付き、発達した胸びれを使い、獲物の虫を求めて岩の上、木にも登ることができる。

空缶にきよとんと鯊の眼がありぬ　　下田　稔

―蜉蝣―　口もないのにどっこい生きて三億年！

豊年虫

蜉蝣は成虫になって、一日～数日で死んでしまうことから、古来、儚い命の象徴とされてきた。その名は飛ぶ姿が陽炎の立ちのぼるのに似ているから付けられたという。

しかし、そもそも昆虫の多くは卵から成虫になって死ぬまで、数か月から一年以内が多い。その中では蟬同様、幼虫の時間が長く、長生きの部類だ。幼虫は川の中で一～三年過ごし、羽化して「亜成虫」となり、脱皮して成虫になる。体は繊細で、腹端に長い尾が二、三本ある。地球上で空中を飛んだ最初の昆虫だと推察されている。それから三億年！　「生きる化石」ともいわれるゆえんだ。

蜉蝣の成虫は口も退化してしまい、水や餌をとる必要もない。鳥たちの餌食にならないために、夕方から羽化が始まる。子孫を残すためにのみ時間が使われ、雌たちは水中に新しい命を落として死んでゆく。この短い命こそが蜉蝣が三億年永らえてきた理由ともされている。大発生すると豊作になるといわれ、豊年虫と呼ぶ地域もある。

一すぢに飛ぶ蜉蝣や雨の中　　増田手古奈

虫——昆虫食時代がやってきた

虫の声　虫の音　虫時雨　虫集く　虫の秋　虫の闇　残る虫　すがれ虫

味覚の秋だが、近年は昆虫食が注目されている。「虫愛ずる姫」はいても「虫食べる姫」は日本ではなじまないと思っていたが。俳句界でも鳴く虫の秋の風情は多く詠まれているが、虫が旨いという句は見つけにくい。だが縄文時代から昆虫は食べられ、長野県などでは郷土食として蝗や蜂の子などがふつうに食べられてきた。古代ギリシア、ローマでも蟬を食べていた記録があるという。

二〇一三年五月、国連食糧農業機関（FAO）が昆虫食を推奨する報告書を発表。以降、世界中で昆虫食に注目が集まり、すでに食用にされる昆虫の種類を集計すると一四〇〇種にものぼるともいわれる。ネット通販でも昆虫食が簡単に手に入り、昆虫食市場は急成長産業だ。効用もさまざまで、栄養はもとより、地球にもやさしい。無印良品発売の「コオロギせんべい」は食べやすいと話題に。やがて「虫ご飯」が季語となり、人類の食糧危機を救うかもしれない。

父通り過ぎたるこの世虫時雨　　小檜山繁子

—梨(なし)— ラ・フランスはフランスではすでに絶滅している

有(あり)の実(み)　長十郎(ちょうじゅうろう)　二十世紀(にじっせいき)　洋梨(ようなし)　ラ・フランス　梨園(なしえん)　梨狩(なしがり)　梨売(なしうり)

明治中期以降、赤梨の長十郎と青梨の二十世紀が主流だったが、近年、洋梨の人気が急上昇。その代表がラ・フランスだ。旬は一〇月から一二月頃まで。外見はごつごつといびつで不揃い、色を見ても決しておいしそうとはいえない。しかし追熟を経たラ・フランスの果肉は、まさにこれぞ洋梨といわしめる旨さ。果肉は柔らかく密で芳香に富み糖度は一四～一五度もあり、適度な酸味と濃厚な甘さのバランスも絶妙。

日本に持ち込まれたのは、一九〇三（明治三六）年。「ラ・フランス」は日本独自の呼び名で、「フランスを代表する果物」に由来している。他の洋梨に比べ開花が早いが、実を付けるまでの期間が長く、病害虫の影響を受けやすい。栽培しても割に合わないため、原産国フランスでは一九〇〇年代初頭にはすでに絶滅していたという。現在、ラ・フランスを生産しているのは世界中で日本のみ。長年の官民一体の努力が実り、一九八五年頃に生産体制が安定し、山形県が全国の八割近くを供給している。

横顔は子規に如くなしラ・フランス　広渡敬雄

―林檎― 「一日一個で医者いらず」

紅玉　林檎園　林檎狩

「一日一個で医者いらず」といわれる林檎は、日本では蜜柑類に次ぐ栽培面積を誇る。生産量は青森県の津軽地方が圧倒的。栽培が本格化したのは外国から導入された明治以降。林檎に含まれる食物繊維の一種、ペクチンには、肥満の原因となる悪玉コレステロールを体外に排出し、整腸作用を高め、血糖値を下げ、ダイエット効果もある。生よりも焼くことによりペクチンの量が六～九倍に増加するという。

青森りんごの公式サイトなどによれば、りんごポリフェノールの約六割を占めている成分が「プロシアニジン」。果肉にも豊富に含まれていて、皮をむいても摂取できる。ポリフェノールといえば、緑茶の「カテキン」や赤ワインなどに含まれる「レスベラトロール」が知られているが、「プロシアニジン」はそれらよりも抗酸化能力（老化防止）に優れていることをアメリカ農務省が発表している。ペクチンとポリフェノールの威力は病める時代を生き抜くための「禁断の果実」かもしれない。

林檎剝く静臥の夫に皮垂らし　　橋本美代子

―葡萄― マスカットとマスクメロンは語源が同じ

マスカット　デラウェア　黒葡萄　葡萄園　葡萄棚　葡萄狩　葡萄粒

一房の葡萄の中では先端がいちばん糖度が低く、上部にいくほど糖度は高まる。また一粒の中では下部がいちばん甘く、上部ほど糖度が低いという。世界で一万種以上もある中で年々人気を高めているのが、香りの高い白ブドウの一種のマスカット。その英語表記は「muscat」。マスクメロンのマスクの綴りは「musk」なので、マスカットの綴りとは微妙に異なっているが、どちらも「麝香」＝ムスクに由来する言葉。中国語ではマスカットは「麝香葡萄」といわれ、マスクメロンの別名は「麝香瓜」。

麝香とはジャコウジカの雄の腹部にある香嚢に蓄積される分泌物を乾燥させたもの。紫褐色を帯びた粉末で、特異な香気があり、古来動物性香料として珍重された。「麝香」と付くモノはいくつかあるが、ジャコウ猫の糞から集めたコーヒーの実を焙煎した「コピ・ルアク」があり、さらに象の糞から集めたコーヒー「ブラック・アイボリー」も最高級コーヒーとして話題だ。一度は味わってみたい？

マスカット剪るや光りの房減らし　　大野林火

一栗一　実ではなく種を食べている

山栗　柴栗　毬栗　落栗　丹波栗　虚栗　笑栗　栗林　栗山　焼栗　ゆで栗

蒸したり、ゆでたり、菓子や栗御飯にして食べている栗は、じつは栗の種。ふつうの果物であれば捨てる種が、栗のもっともおいしい部分なのだ。栗の実は鬼皮と呼ばれている固い茶色の殻の部分をさす。〝皮〟といわれていても、これが栗の実の部分。そして、栗を包んでいる一番外側のトゲトゲの毬が栗の皮。普通ひとつの栗には三つの実が入っている。実のない栗が虚栗。毬が少し開いたものが笑栗。

同様に胡桃も非常に硬い殻の中身を食べるが、あの硬い殻こそが種。栽培する場合には、いつも食べている部分ではなく、茶色の硬い殻に覆われた状態で植えなければ、芽は出てこない。「桃栗三年柿八年」といわれるように、植えてから三、四年で実を結ぶ。古代から日本人になじみ深いが野生のものは山栗、柴栗、ささ栗などで実が小さい。縄文時代にはすでに栽培され、一〇〇〇年以上前の平安中期には、丹波はすでに大粒の栗の産地として名を馳せていた。

栗を拾ひともにはにかむ父同士　林　翔

一酸橘(すだち)一 すだちとかぼすの違いは?

かぼす　木酢(きず)

すだちもかぼすもミカン科の常緑柑橘類で、柚子の近縁。八〜一〇月頃、果実がまだ緑色のうちに収穫される。ともに酸味と清々(すがすが)しい香りの風味が愛され、古くから果汁として使われる。秋刀魚(さんま)の塩焼き、土瓶蒸し、鍋などを食す際には抜群の引き立て役だ。また、その果汁はジュースやお菓子などにも使われている。

ここまで似ているのに、生産地が異なる。両者ともその生産地はほぼ独占状態。すだちは徳島県で、かぼすは大分と宮崎県で生産され、樹齢一〇〇年を超えるものが多数ある。何よりハッキリした違いは果実の大きさ。すだちはウズラの卵ぐらいで三〇〜四〇グラム程度なのに、かぼすは一〇〇〜一五〇グラムと、三〜四倍近い大きさ。細かな点でいえば、かぼすは果頂部の雌蕊(めしべ)の落ちた跡の周囲がドーナツ型に盛り上がるので、そこでも区別できる。「すだち」は「すたちばな(酸橘)」から、「かぼす」は「橙(だいだい)」の古名「カブス」から転訛したものといわれる。

夕風や箸のはじめの酢橘の香　　服部嵐翠

檸檬（れもん）　レモンがマフィアを生んだ

レモン

カリフォルニア産が多く、年中店頭で見られるが、国内では瀬戸内地方で栽培。初夏に花が咲き、秋に収穫期を迎える。季節感が希薄な季語なので、詠むのに要注意だ。

北アイルランドのクイーンズ大学の研究チームが、シチリアの文献を調査し、ケンブリッジ大学の学術誌『The Journal of Economic History』に「マフィアの誕生にレモンが関係しているのではないか」という結果を発表。大航海時代に船乗りが命を落とす壊血病が流行。原因はビタミンCの欠乏。注目されたのが、レモンやオレンジだ。シチリアはレモンの生産地で大いに利益を得たが、その奪い合いが起きた。レモンを強奪される農家を守る正義の味方として登場したグループがマフィオソ。のちのマフィアだ。農家と輸出業者の仲介役も務め、しだいに財力と権力を握ったのではないかと調査結果をまとめている。一八六一年、イタリア王国がシチリアを統合したが、反政府運動が頻発。その運動の中心に、物資の調達に暗躍するマフィアがいた。

さう言へば手榴弾にも似て檸檬　　中島秀夫

―銀杏黄葉(いちょうもみじ／いちやうもみぢ)― なぜ街路樹に多いのか？

銀杏(いちょう)といえば街路樹のイメージだ。実際、「東京都の木」にも選ばれている。独特の銀杏(ぎんなん)の臭いにもかかわらず、全国的にも、北海道大学や東京大学、東京の明治神宮外苑、横浜の日本大通り、大阪の御堂筋、鹿児島の垂水(たるみ)……、各地に名所がある。

明治の初めに桜、松、柳が街路樹として植えられたが、関東大震災で東京が焼け野原になった時、都心の千代田区に一本の銀杏が奇跡的に残った。それが「帝都復興のシンボル」となり、「震災銀杏」として大手町に移植され、今も生きている。銀杏並木が多いのは、幹も葉も厚くて多くの水分を含んでいるためだ。「大火の際には銀杏は水を吹く」という言い伝えもあり、関東大震災以降積極的に植えられ、延焼を食い止める役割も果たした。また、寿命も長く病害虫や排気ガスにも強く、アスファルトの間の固い土地という苛酷(かこく)な環境にも耐えられるため、町の中心部の街路樹になっている。近年は臭いを気にして、実をつけない雄株だけが植えられることも多いとか。

銀杏黄葉大阪馴染なく歩む　宮本幸二

—朝顔— 下剤として栽培されていた

牽牛花　朝な草　蕣　西洋朝顔　垣朝顔　朝顔の実　種朝顔　牽牛子

奈良時代末期に遣唐使によって薬用として種が持ち帰られた。この頃は漢名で「牽牛子（けにごし・けんごし）」と呼ばれていたという。その由来は、当時高価であった種子が手に入ると、その謝礼に牛を牽いて行って交換するほど貴重品だったという説や、七夕の頃に咲くので牽牛星から来ているという説がある。

朝顔の実には三室あり、それぞれ二個ずつ黒い種が入っている。種の主成分ファルビチンは水溶性ではないので、煎じるのではなく粉末にして、緩下剤や利尿剤として用いられる。その毒性を上手く利用して薬に転用してきた。作用は強烈なので素人判断でむやみに服用するのは危険。『今昔物語』巻第二八に米を取立てに来た役人に、牽牛子入りの酒を飲ませて追い払ったという、愉快な話が載っている。

鎌倉時代以降に観賞用に栽培され、江戸後期に大ブームになり、多くの品種が作られた。これほど多種多様に変化した植物は世界的にも例がないという。

朝顔に天平の代の空明り　　本庄登志彦

―糸瓜(へちま)―　その名前は「いろは歌」からついている！

糸瓜(いとうり)　長瓜(ながうり)　長糸瓜(ながへちま)　糸瓜棚(へちまだな)　蛮瓜(へちま)　布瓜(へちま)

インド原産だが、日本には江戸時代に中国から渡来したとされている。長糸瓜と呼ばれるものは一メートルにもなるという。開花後の七～一五日の若いものは食用。完熟したものは果肉を腐らせて、網状の繊維を取り出し、あかすりや、たわしなどに使われ、蔓(つる)から採れる糸瓜水は化粧水や、咳止(せきど)めの薬にする。

本来の名前は果実から繊維が得られることからついた「糸瓜(いとうり)」だった。これが後に「い」が略されて「とうり」と訛(なま)り、「唐瓜」の字も充てられていた。この「とうり」の「と」は「いろは歌」四七文字の、「いろはにほへと　ちりぬるを」の「へ」と「ち」の間にあるので、「へちの間」で「へちま」というと『物類称呼』、『倭訓栞』にある。まさか!?　である。

正岡子規の最後の住まいとなった鶯谷の子規庵には、糸瓜棚が再現されている。三四年を壮絶に生き、俳句を革新した辞世の三句は、いずれも糸瓜を詠んだものだ。

魔がさして糸瓜となりぬどうもどうも　　正木ゆう子

—生姜（しょうが／しやうが）— 効能を支える二つの成分

新生姜（しんしょうが）　葉生姜（はしょうが）　生姜畑（しょうがばたけ）　薑（はじかみ）　くれのはじかみ

七月ごろに採れるものが新生姜、葉生姜。秋に収穫する肥大して繊維が柔らかいものが根生姜。それを干したものを古生姜（ひね）といい、一年中さまざまに利用される。効能が多く、漢方でも古くから使われていたが、日本でも『古事記』や現存する最古の医学書『医心方』にも「薑（はじかみ）」という名で登場し、奈良時代から栽培されてきた。

その独特の芳香と辛みは、表皮近くに多く含まれている成分「ジンゲロール」による。強い殺菌作用があり、食中毒を予防し、その爽やかな風味が薬味としても利用される。一方、内臓の冷えを改善し、免疫力を高める場合は、加熱して「ジンゲロール」を「ショウガオール」という成分に変え、血流を増やし、長時間体を深部から温めるとよい。漢方では、「気剤」といわれ、気の巡りをよくしイライラを緩和する。ただ、フライパンなどで一〇〇℃を超えた温度で調理すると、ショウガオールが消えてしまうので要注意。世界ではインドが、国内では高知県がトップの生産量を誇る。

古漬けの生姜白まで母生きよ　　加藤　昇

—玉蜀黍— トウモロコシという言い方は間違い？

南蛮黍　なんばん　唐黍　もろこし　焼唐黍　夏玉蜀黍の花

江戸川柳に「知ったふり唐もろこしは重言さ」というのがある。重言とは同意の言葉が重なった言い方で、二重表現、重複表現と同じ。トウモロコシより以前に中国からきたキビ（黍）に似ていて、そのキビをモロコシキビと呼んでいた。モロコシとは〝唐からきた事物〟の意味。また当時は外国からの渡来品に「唐」という字をつけていたので、モロコシに「唐」がつきトウモロコシになったようだ。しかし、その「トウ（唐）」も「モロコシ（唐から伝わったもの）」も同じ意味で重複。そのため「トウモロコシ」という言葉は「豌豆豆」などと同じく重言になる。

その粒の数は必ず偶数で、ふさふさしている毛の数と同じ。毛の数の多いものが得。採りたてならば生でも美味しい。茹でるときは沸騰した湯に入れたり、レンジでチンするよりも、水を入れた鍋にトウモロコシを入れて火にかけ、沸騰後、約三～五分茹でる方がよい。ゆっくり加熱することで甘味を閉じ込めることができる。

唐黍を折り取る音のよく響く　岩田由美

鳥兜(とりかぶと) ― 毒にも薬にもなる

鳥頭(とりかぶと)　鳥甲(とりかぶと)　兜菊(かぶとぎく)　兜花(かぶとばな)　山兜(やまかぶと)

中国原産のキンポウゲ科の多年草。古典芸能の舞楽で鳳凰(ほうおう)の頭をかたどった常装束の冠を「鳥兜」と呼ぶが、そこからこの名がついたという。根の毒は河豚(ふぐ)に次ぐほどともいわれ、植物では最強とされる。かつては弓矢に塗る毒として利用されていた。毒ゼリ、毒ウツギと並び、日本三大有毒植物といわれる。食べると嘔吐(おうと)、下痢、呼吸困難などから死に至ることもある。毒性のない種もあるが、鳥兜を使った保険金殺人事件を記憶している人も多いだろう。そんな怖さとは裏腹に、青紫色の小さな花がいくつも集まった美しさは魅力的で、生け花や切り花などにも用いられる。

古くから漢方薬として、根の部分を乾燥させて毒を弱めて利用される。主根を烏頭(うず)、側根が附子(ぶし)、子根の付かない塊根が天雄(てんゆう)と呼ばれ、神経痛、リウマチの鎮痛作用、皮膚温上昇、新陳代謝の機能低下の改善などに利用される。

花言葉には、「人嫌い」「騎士道」「栄光」「復讐(ふくしゅう)」まである。

霊山の霊気の中の鳥かぶと　勝野八重子

冬

立冬から立春の前日まで（一一月七日頃〜二月三日頃）

病院の廊下つぎつぎ折れて冬　津川絵理子

冬＝玄冬・玄帝・冬帝・冬将軍・三冬・九冬（冬の九〇日間）

三冬

・初冬（陽暦一一月　陰暦一〇月）立冬（一一月七日頃）から大雪前日まで。
・仲冬（陽暦一二月　陰暦一一月）大雪（一二月七日頃）から小寒前日まで。
・晩冬（陽暦一月　陰暦一二月）小寒（一月五日頃）から立春（二月四日頃）前日まで。

二四節気（太陽の動きを二四等分したもの。それぞれの間は約一五日）では次のようになり、さらに五日ずつに分けた七二候（漢字の熟語）がある。

◎**立冬**（一一月七日頃）＝「今朝の冬」は厳しさを迎えるこの日の朝をいう。

山茶始開　つばきはじめてひらく／**地始凍**　ちはじめてこおる／**金盞香**　きんせんかさく

◎**小雪**（一一月二二日頃）＝北風が強まるが、まだ雪が降るには至らない。

虹蔵不見　にじかくれてみえず／**朔風払葉**　きたのかぜこのはをはらう

／橘始黄　たちばなはじめてきばむ

◎**大雪**（一二月七日頃）＝南国でも霜が降りたり、初雪が降ったりする。

閉塞成冬　そらさむくふゆとなる／熊蟄穴　くまあなにこもる

／鱖魚群　さけのうおむらがる

◎**冬至**（とうじ）（一二月二二日頃）＝北半球では一年で昼が最も短く、南瓜を食べ柚子湯に入る。

乃東生　なつかれくさしょうず／麋角解　さわしかのつのおつる

／雪下出麦　ゆきわたりてむぎのびる

◎**小寒**（一月五日頃）＝冬至から一四日目。厳しい寒さに向って行く。

芹乃栄　せりすなわちさかう／水泉動　しみずあたたかをふくむ

／雉始雊　きじはじめてなく

◎**大寒**（だいかん）（一月二〇日頃）＝小寒から数えて一五日目。もっとも寒い時期になる。

款冬華　ふきのはなさく／水沢腹堅　さわみずこおりつめる

／鶏始乳　にわとりはじめてとやにつく

神無月（かんなづき）――ハワイにもある出雲大社の正式な読み方とは？

かみなづき　神有月（かみありづき）　神去月（かみさりづき）　初霜月（はつしもづき）　時雨月（しぐれづき）

「十月」は秋の季語、「神無月」（陰暦十月）は冬の季語になる。神無月の語源は不詳で、神無月の「無・な」が「の」にあたる連体助詞で「神の月」という説が有力。「水無月」が「水の月」であることと同様だ。出雲大社の創建の神話は『古事記』、『日本書紀』にも登場。中世以降の俗説で、神無月には日本中の八百万（やおよろず）の神々は大国主大神を祀る島根県の出雲大社に集まる。島根県だけは神有月、神来（かみき）（帰）月（づき）となる。この時期の西風を「神渡し」、「神立風（かみたつかぜ）」ともいい、いずれも冬の季語になっている。

出雲大社が現在の名称になったのは一八七一（明治四）年から。それまでは、杵築（きづき）大社、天日隅宮（あめのひすみのみや）と呼ばれていたという。一般的には「いずもたいしゃ」といわれ、複数の辞書・事典でも「いずもたいしゃ」としているが、正式には「いづもおおやしろ」だ。近年は縁結びの神様としても大人気。とくに神有月の一〇月は大勢押し寄せる。出雲大社の分祀（ぶんし）、分院、教会は全国に約一三〇あり、海外ではハワイにもある。

かんかんと鳴り合ふ竹や神無月　　山田みづえ

一冬至(とうじ)一　冬至に南瓜を食べ柚子湯に入る理由

一陽来復(いちようらいふく)　冬至粥(とうじがゆ)　冬至南瓜(とうじかぼちゃ)

冬至は立冬から立春までのちょうど真ん中。北半球では昼の長さがいちばん短くなる一二月二二日頃。「一陽来復」ともいい、陰が陽に転じ、運気が上昇する縁起のよい日とされる。また「冬至冬なか冬はじめ」ともいわれいよいよ冬本番を迎える。冬至に南瓜を食べる風習は江戸時代からだという。豊富なビタミンA（βカロチン）をはじめ多くの栄養素が、風邪や脳卒中（中風）を予防するとされてきた。野菜不足になりがちな冬場の貴重な食料だった。夏が旬なのに冬に食べられるのは、長期保存ができるため。しかし「冬至かぼちゃに年とらせるな」の言葉通り、年内に食べるのが基本。冬至粥は、冬至の朝にいただく小豆粥(あずきがゆ)。その赤が邪気を払い、厄除(よ)けになるという。

柚子湯に入るのは、冬至＝湯治にかけ、柚子＝融通がきき、金銭に不自由しないという願いも込められているとか。柚子は香りも強く、果皮にはビタミンCやクエン酸が含まれる。血行を促進して冷え性、皮膚病にも効き、風邪を予防してくれる。

本送る底荷の冬至南瓜かな　黒田杏子

―師走（しわす・しはす）―　なぜ師走といわれるのか？

極月（ごくげつ）　臘月（ろうげつ）　春待月（はるまちづき）　梅初月（うめはつづき）　三冬月（みふゆづき）

一二月の別名「師走」の語源には諸説ある。よく言われるのは師匠である僧侶が、経をあげる仏事などのために忙しく東奔西走し馳せ参じるという「師が馳せる」から「師馳す」になり、それから転訛したというものだ。この説は、平安時代末期の古辞書『色葉字類抄』に「しはす」の注として書かれているという。『日本書紀』や『万葉集』などには、一二月（十有二月）を「しわす」と呼んでいたとされる記述あり、やがて師走の字が充てられたようだ。ほかにも一年の終わりで、「年が果てる月」から「年果つる」「年果つ＝としはつ」が「しわす」に変化した。また、四季の果てる月を意味している「四極（しはつ）」という言葉から来た、一年の最後になし終えるという意味の「為果（しは）つ月」を語源とする説などさまざまだ。

今も昔も一年の総決算と同時に、正月という長い行事の準備期間でもあり、あれこれと片付けと準備に追われ、師走という言い方が違和感なく、習慣的に使われる。

一食を車中に済ます師走かな　　いのうえかつこ

年の暮（とし の くれ）―― なぜ年の暮になると第九を歌うのか

年末（ねんまつ）　歳暮（せいぼ）　歳晩（さいばん）　歳末（さいまつ）　年詰（としつ）まる　年の果（としのはて）　年の瀬（としのせ）

年も押し詰まると必ずベートーベンの「交響曲第九番」（通称：第九）の合唱を耳にする。しかし「第九」が定番となっているのは世界中で日本だけ。初演はウィーンで、耳の聴こえなくなっていた彼自身が指揮をした。一時間二〇分の大作で彼の総決算ともいわれる最後の交響曲。第四楽章は合唱を伴って演奏され、「歓喜の歌」として親しまれているが、ドイツの詩人シラーの「歓喜に寄す」を再構成したもの。日本の敗戦直後の混乱期、音楽に携わる人たちも生活に窮していた。安心して年を越すためにコンサートで収入を得ようと計画。演奏曲としてすでに国民にも知られていた大合唱の「第九」が好都合だった。一九四七（昭和二二）年、日本交響楽団（現：NHK交響楽団）が日比谷公会堂で、一二月二〇〜二一日に連続開催したコンサートが絶賛を浴びたのがきっかけともいわれる。その明るく前向きなイメージが愛され、年末の風物詩となって今に続いている。

第九歌ふむかし音楽喫茶あり　　大石悦子

底冷（そこびえ）

「冷たい」は「爪が痛い」？

——冷（つめ）たし——

大気の温度の低いのを「寒い」というのに対し、即物的な感覚を「冷たい」といい、人情や心の冷酷さに対しても使われる。「つべたし」ともいう。冷え切った物体に触れると指先も痛いように感じられる。「冷たい」の古語「冷たし」は「爪痛し」からきているという。爪が痛いほど寒いことから「爪が痛い」→「爪痛い」→「つめたい」→「冷たい」と変化した。冷たく凍る意味で「冴え（冴ゆ）」「冴ゆる」、「凍（い）つ」「沍（い）つ（る）」「凍（し）む」も冬の季語だ。

清少納言の『枕草子』一三七段にすでに「冷たし」とあるので、一〇〇〇年以上前には「爪痛し」ではなく「冷たし」が使われていた。「寒く冴えこほりて、打ちたる衣もつめたう、扇持ちたる手も冷ゆるともおぼえず。」（寒くて凍るようだが、打ち衣も冷たく、扇を持っている手が冷えていることにも気づかない）。彼女が勤めていた寝殿造は夏向けの建物だったので、京都の底冷えはさぞや厳しかっただろう。

もの学ぶ冷たき頭冷たき手　　阿波野青畝

―冬（ふゆ）の星（ほし）―　寒昴、何個見えますか？

冬銀河（ふゆぎんが）　寒星（かんせい）　凍星（いてぼし）　寒昴（かんすばる）　星冴ゆ（ほしさゆ）　荒星（あらぼし）　天狼（てんろう）　冬北斗（ふゆほくと）　寒北斗（かんほくと）　オリオン

シリウスの近くのオリオン座から少し離れた位置に、青白く光る寒昴。都会からは光の加減でなかなか見つけにくい。『枕草子』二三六段に「星は　すばる。ひこぼし。ゆふづつ。よばい星、すこしをかし。……」とあるように、清少納言は星のなかではすばるが断然いいという。すばるは一つにまとまる意味の「統ばる」から来ていて、古くから使われてきた大和言葉。

肉眼で六個の星が見えることから、六連星（むつらぼし）ともいった。英語名はプレアデス星団。望遠鏡で覗くと一二〇個ほどの星の集まり＝星団だとわかり、青白い星が多いことに気づく。青白い星は比較的最近に生まれた星団で、寿命が短く、生まれてもすぐに死んでしまうという。具体的には、すばるの誕生は約六〇〇〇万年前と考えられている。太陽が生まれたのが約五〇億年前なので、それと比べるとかなり若い⁉　大気の澄んだ冬の星はことさら美しく煌（きら）めく。人智を超えたロマンにしばし浸ろう。

寒昴幼き星をしたがへて　角川照子

冬の雨は三日降らず

寒の雨

冬は西高東低の気圧配置の日が多く、「冬の雨」は一二月から二月にかけて多くみられる。日本海側や東北以北の寒冷地は、雨ではなく雪になるので、この諺が通用するのは太平洋側。特に関東、東海地方に乾いた晴天をもたらす。低気圧が太平洋側に移動し、雪になることもあるが、その移動は意外に速く通り過ぎてゆく。したがって「冬の雨は三日降らず」の確率はかなり高い。さっと通り過ぎてゆく「時雨」（冬の初めに晴れていても急に降ってくる）に対し、音もなく細かに降る冬の雨は、うら淋しかったり、ときに気分が和らいだりする。「寒の雨」は寒の内に降る雨をいう。

ほぼ同じ意味のことわざに「冬に三日の大荒れなし」がある。日本海側では、曇天が続くことが多く、雪が降って吹雪になったりすると、その時間が果てしなく感じることがある。しかし、曇天は大陸からの高気圧が原因であり、吹雪は動きの速い低気圧が原因で、長くても三日以上留まる事はほとんどないといわれる。

冬の雨夕あかるみて止みにける　　細見綾子

初雪（はつゆき）――富士山の初雪の発表はない

新雪（しんせつ）

「初雪」の反対語は「終雪」になり、「雪涅槃（ゆきねはん）」「雪の果て」「雪の終わり」「雪の別れ」「名残の雪」「忘れ雪」とともに春の季語となる。初を冠した季語にはめでたさや褒美の感じが含まれている。

真夏でも氷点下になることが珍しくない富士山の場合は、その年の最高気温を記録した日以降の雪が初雪で、下界がまだ夏だった記録もある。初雪の観測は、山頂の富士山特別地域気象観測所で観測を行っていたが、二〇〇四年をもって終了。現在は観測を行っていないため、富士の初雪の発表はない。しかし初冠雪の観測と発表は甲府地方気象台によって続けられている。気象台によると初冠雪とは「最高気温日」以降で、「山の全部または一部が、雪または白色に見える固形降水（雹など）で覆われている状態を下から初めて望観できたとき。もしその後、その気温を超える高温があった時はその初冠雪は前年度のものになる」という。

はじめての雪闇に降り闇にやむ　野澤節子

一雪(ゆき)一　パリには赤い雪が降る

六花(むつのはな)　粉雪(こなゆき)　小米雪(こごめゆき)　綿雪(わたゆき)　小雪(こゆき)　大雪(おおゆき)　深雪(みゆき)　雪曇(ゆきぐもり)　雪煙(ゆきけむり)　暮雪(ぼせつ)　積雪(せきせつ)　雪月夜(ゆきづきよ)　雪国(ゆきぐに)

雪は、大気中の水蒸気が凝結した結晶に光が乱反射することで、白く見える。しかしフランスの首都〝恋人の町〟パリなどで、春に赤い雪が観測される。積もるとまるで血のようにも見えてしまう赤い雪の正体とは何か。これには遠く離れたアフリカの地にある、約一〇〇〇万平方キロにわたる世界最大のサハラ砂漠が関係している。

砂漠の中央部は、赤土に覆われた乾燥地帯。日中の最高気温は五〇℃以上、最低気温は氷点下の気象条件。そのため、地表の砂（酸化鉄で被われている石英）が風化して細かくなり、風によってさらに微細な赤土状の粒子、砂塵(さじん)となる。これが春先、上空を吹く強い南風に乗って地中海を渡る。ちょうどフランスの上空あたりで直径五〇マイクロメートルという雪の結晶の核となり、ほんのり赤い色を帯びてフランスの街を彩る。砂塵はゴビ砂漠などよりはるかに微細で軽い。年間約一〇〇万トンにもおよぶ量が、ヨーロッパ、ときには遠くロシアやアメリカにも運ばれるという。

地の涯に倖せありと来しが雪　　細谷源二

―風花（かざはな）―　いったいどんな花？

かぜはな　かざばな　吹越（ふっこし）

なんというロマンチックな言葉、季語なのだろう。雪のことを、雪の華、六花（むつのはな）ともいう。晴れているのに雪が舞うことがあるが、このような現象は冬型の気圧配置のとき太平洋側の地方でみられる。日本海側や山岳付近に積もった雪が、気温の低い日に、強い季節風に乗って山脈を越え、太平洋側にもやってくる。雪片が風に舞う様子が花びらを連想させ、古くから「風花」という呼び方をしている。義弟の葬儀の際に初めて出会ったが、なんともいえぬ感傷に浸ったことを忘れられない。

群馬県内では地域によって「風花」「吹越」「はあて」とそれぞれ呼び方が違っている。「はあて」の語源は不明だが、「疾風（はやて）」の訛（なま）りではないかともいわれている。「吹越」は伝統派から前衛派まで多様な俳人を育てた加藤楸邨が、句集『吹越』（一九七六年）を出し、「吹越に大きな耳の兎かな」の代表句が知られるようになってから、歳時記にも載るようになったという。

風花のかかりて青き目刺買ふ　　石原舟月

雪山（ゆきやま）――「寝たら死ぬ」は嘘

冬山（ふゆやま）　雪嶺（せつれい）　冬の山（ふゆのやま）　冬嶺（ふゆみね）　枯山（かれやま）　冬登山（ふゆとざん）

雪を纏（まと）った山に魅せられて、多くの人が雪山に登り、スキー場へと出かける。銀世界は日常をかけ離れた荘厳な世界を味わうことができる。しかし吹雪や雪崩など、危険はつきもの。毎年二〇〇〇件ほど遭難事故が発生している。

雪山でルートを外れて遭難したときに、ドラマなどでは「寝たら死ぬぞ！」という場面があるが、これは嘘。遭難時に重要なのは、体力、体温の確保だ。また、体が濡れていると低体温症になるので、ビニールシートなどの上に体を置くのがいい。雪の固まった斜面や木の根元にシェルターを作り、体温が下がらないようにしながら、睡眠をとって体力を回復、保持したほうが、生存率は高まる。携帯電話は寒い環境下ではバッテリーの消耗が激しいので、使わないときは電源を切り、温度が下がらないようポケットなどに入れておく。水分の補給も重要だが、雪をそのまま食べると急激に体温、体力が奪われるので、一度溶かしてから口にするといい。

雪嶺の中まぼろしの一雪嶺　岡田日郎

凍土（いてつち）――日本にも永久凍土がある

凍土（とうど）　凍上（とうじょう）　凍上り（いてあがり）

凍土（とうど）には「季節凍土」と「永久凍土」がある。「季節凍土」は冬に凍土となり、暖かくなると融けてしまうもの。「永久凍土」は二年以上継続して〇℃以下の凍結した地盤のこと。何百年、何千年もの間、凍り続けていなくても永久凍土という。

ロシア、カナダ、グリーンランドなどに広く分布しているが、日本でも大雪山（北海道）、富士山、富山県の立山などで確認されている。ロシア北東部のヤクーツクの場合、その厚さは約二五〇メートルだそうだが、これができるまでには一万七〇〇〇年を要したといわれる。シベリアの永久凍土の厚さは一〇〇〇メートルに達する所もあるという。そこには石炭、石油、天然ガスなどの膨大な地下資源や、稀少金属が未開発のまま。さらにマンモス、トナカイ、オオカミの氷漬けが生存時の姿のまま発見されている。最近、懸念されているのはそれらの体内から未知のウイルスが放出されることだ。地球の温暖化で人類が危機にさらされる可能性は切迫している。

凍土に子を置けばすぐ走り出す　　今瀬剛一

—餅(もち)— ハレの日に神に捧げる

餅搗(もちつき)　餅米洗(もちごめあら)ふ　餅搗唄(もちつきうた)　餅配(もちくばり)

「餅」の語源には諸説ある。御飯が腐るのを防ぐために握り飯が誕生。固く握った飯(いひ)は持ち歩くのに便利だったので「持ちいひ」と呼ばれ、短縮され「持ち」=「もち」になった。あるいは糯米(もちごめ)の飯=糯飯(もちいひ)の「もち」が語源、望月の「もち」からきている、餅を表す台湾語「モアチィ」がなまったなど。日本の餅文化の歴史は古く、神が宿り、生命を再生させる力がある特別なものとされた。かつては家々で年の暮れには正月用に餅が搗(つ)かれた。お供えの鏡餅や三月の草餅、五月の柏餅などは平安時代に定着したという。切り餅、あられ餅、のし餅、丸餅、菱餅など種類も多い。

餅に生えるカビは二〇種類以上。「カビの部分を削って食べる」という人も多いだろうが、カビの菌糸は餅の内部にまで侵入している可能性があるので、なるべく早く食べ切るようにしたい。余った餅は密閉容器に入れて冷蔵庫に。あるいは日本酒や焼酎などをひとかけして、濡れ布巾で包んで冷蔵庫に入れておくのも有効。

餅焼くやちちははの闇そこにあり　森 澄雄

忘年会(ぼうねんかい)

―年忘(としわすれ)―　忘年会の起源は連歌だった

「忘年」は中国故事の「忘年の交わり」から来ており、本来、年齢差を問題にしない〝歳忘れ〟の意味だったのが、日本では「一年の無病息災に感謝し、苦労を忘れる」と解釈されている。似た風習は東アジア圏にはあるが欧米にはない。

鎌倉時代、皇族や貴族が「年忘」という行事で、和歌を複数で詠み合う「連歌」を優雅に厳かに行った。それが「忘年会」の始まりとも言われる。そのなかで、鎌倉幕府倒幕の密談をカモフラージュするため、後醍醐天皇が指定席をなくし「無礼講」という言葉を最初に使ったという。江戸期に庶民に広がり、現代のように職場での宴会が始まったのは、明治時代になってから。ボーナスが出た官僚の仕事納めとしてや帰郷前の学生が集まったりして、「どんちゃん騒ぎ」をするようになったようだ。昭和に入り、慣習として定着。会社を中心に拡大し、女性社員も増えて賑やかになった。「自分の時間が失われる」と、半強制が嫌われているのも事実だが……。

よきことの五指にも満たず年忘れ　遠藤若狭男

—寒肥(かんごえ)— 糞尿が貴重な収入源だった！

寒肥(かんぴ)　寒(かん)ごやし

寒肥は野菜や樹木の春の芽吹き、生長に備えて、一月から二月に施される有機質の堆肥(たいひ)、油かす、魚粉など。かつては家畜小屋の中の藁や人間の糞尿を発酵させたものなども利用していた。江戸時代は汲み取り式トイレで、肥溜めに溜まった糞尿が貴重な肥料だった。そのため農家は長屋や武家屋敷などから糞尿を買い求めていた。売る側の長屋や武家屋敷にとっても貴重な収入源だったのだ。糞尿価格が高騰して、幕府まで巻き込んだ大騒ぎになったこともあったらしい。汲み取り式トイレの歴史は長かったが、二一世紀以降は、公共下水道の整備と共に水洗トイレが普及し、汲み取り式も、肥溜めもほとんど見かけなくなった。かつて肥溜めに落ちた友人もいたが……。

ところで、寒くなるとトイレが近くなる。冬場には汗をかかないので必然的に尿が増えるのだ。また、寒さで体が冷えると、腎臓が活発に働き尿を作りやすい。膀胱(ぼうこう)の筋肉が収縮して脳に「トイレに行きたい」という誤った信号を送るためともいう。

寒肥を吸ひきつてまた土眠る　　横澤放川

―マスク―　生存に欠かせない!?

　インフルエンザ、新型コロナウイルスによる感染の主な原因は飛沫感染によるもので、咳やくしゃみなどで病原体が飛散し、口や鼻などの粘膜から感染してゆく。飛沫感染を防ぐためには、マスクの着用は必須といわれているが、その効果に疑問の見解もあった。なぜなら、インフルエンザウイルスも新型コロナウイルスもその大きさは約〇・一㎛（マイクロメートル）しかない。一般的なマスクの穴の大きさは約五㎛だが、細い繊維を重ねて作る不織布マスクは一㎛で小さな粒子も内部に閉じ込めることができる。ウイルスは唾液と共に飛散する。そのときの唾液の大きさは約五㎛になるため、感染者のマスク着用は、最低限のエチケットだ。また、黄砂が春先に運んでくるＰＭ２・５の粒子も小さく、空気中に浮遊している状態で肺の奥まで入ってくる。

　花粉症、ＰＭ２・５もありマスクの季節感はすっかり薄れつつあるが、大量の使い捨てマスクがまた、新たな環境汚染にもなっている。

純白のマスクを楯として会へり　　野見山ひふみ

―熱燗（あつかん）― いちばんおいしく飲む方法

燗酒（かんざけ）

寒くなると熱燗が恋しくなる。熱燗とは五〇℃程度に温められた日本酒だが、他にも、四五℃が上燗、四〇℃がぬる燗、三五℃が人肌燗など、温度によって表現が異なる。これほど細分化され、それぞれの好みで楽しめるお酒は世界にも例がないだろう。

お酒を温める事を、「燗をつける」といい、その方法はいろいろだが、直接、やかんなどに入れてお燗するとアルコールが飛んだり、辛くなったりする。電子レンジを使う人も多いかもしれないが、いちばんおいしく飲むには、「湯せん燗」がベスト。

沸騰した鍋の火をすぐに止め、八〇℃くらいのお湯を準備。そこに徳利に入れた酒を、熱燗なら三分、ぬる燗なら二分半を目安にしてつける。アルコールが揮発しないので、香りが飛んだり、辛すぎたりもせず、まろやかな風味が楽しめる。燗徳利が普及したのは、江戸時代末期になってから。居酒屋もそのころにやっと登場。「鰭酒（ひれざけ）」「身酒」（刺身の一片を入れたもの）「玉子酒」「寝酒」いずれも冬の季語になる。

熱燗やいつも無口な独り客　　鈴木真砂女

寒玉子

―寒卵―「卵」と「玉子」の違いとは？

寒中に鶏が産んだ卵は、他の季節のものより滋養が多い完全食品で、生で食べるのがよいといわれる。かつては産む数も少なく、貯蔵がきくことでも好まれ珍重された。「卵」と「玉子」には決定的な違いがある。「卵」は調理前のもので、生物学的な意味があり、鳥類をはじめ生物の「たまご」は「卵」と書く。子孫を残し、孵化して育つことが前提になっているものはすべて「卵」。「学者の卵」などという場合、学者になることを卵から孵化することとの比喩として使うため、「卵」の字が使われる。

一方、「玉子」は鳥類のたまごに限定。食用に調理されたものを指す。『広辞苑』には「鶏卵を使った料理、あるいは料理用鶏卵の場合に限って用いるのがふつう」とある。例外がないわけではないが、これに倣うと「生卵」、「厚焼き玉子」「玉子丼」「玉子酒」となる。ちなみに中国語では、生物学的な意味での卵は「卵（ルァン）」、食材的な意味の場合は「鶏蛋（ジータン）」という。

寒卵産む鶏弧つ飼はれけり　西島麦南

寒喰

「牡丹」「紅葉」「桜」を食べること?

―薬喰―

薬喰とは寒さに負けない体力をつけるため、獣肉に限らず滋養になるものを食べること。病気になって薬を投与することではない。熱心な仏教徒・天武天皇が肉食禁止令を出してから、僧侶が獣肉の穢れを忌む風習が長く続いた。そのため、獣肉は病人には薬になるという口実で、「薬喰」と称して食べた。

動物の捕獲は禁じられても、鳥に対しては寛容で、武士の間では鷹狩りが盛んで、野鳥は食用にされた。野兎も「薬喰」の対象となっていた。兎を一羽二羽と数えるのは、兎を鳥と見なして食べていたことからだとか。これらを寒中に摂ることを「寒喰」という。江戸時代には、「牡丹」「紅葉」「桜」などの呼び名で肉に親しんだ。牡丹は猪の肉の隠語。肉が紅色のため、牡丹と呼ばれ、山鯨の別名もある。紅葉は鹿の肉の隠語。「奥山に紅葉ふみわけ鳴く鹿の……」(『古今集』)からきている。桜は馬肉の隠語。肉が桜色だからだ。「牡丹鍋」「紅葉鍋」「桜鍋」、いずれも冬の季語。

一灯の低きを囲み薬喰　　若井新一

雑炊（ぞうすい）──雑炊、リゾット、お粥の違いは？

おじや　河豚雑炊（ふぐぞうすい）　鶏雑炊（とりぞうすい）　鴨雑炊（かもぞうすい）　鮟鱇雑炊（あんこうぞうすい）　鮭雑炊（さけぞうすい）　鱈雑炊（たらぞうすい）　餅雑炊（もちぞうすい）　蕎麦雑炊（そばぞうすい）

雑炊もリゾットも米を煮込むが、「リゾット」はイタリア発祥。まずは、使う米の下準備の方法が違う。「雑炊」は、一度炊いた米をさらに煮込むが、「リゾット」はバターやオリーブオイルで生米を洗わずに炒めてからワインなども使ってスープで煮込む。「雑炊」は一度炊いた米を、鍋物の後のだし汁などで煮込む。油が使われることはなく「リゾット」よりも柔らかい。「雑炊」は、冷やご飯を水で増やすことから「増水」と書かれていたが、さまざまな具を入れるので「雑炊」になったという。「おじや」との明確な違いはない。地域や家庭によって作り方が異なるだけだ。

「お粥」は、「雑炊」や「おじや」と違って生米から炊く。具材に芋類などを入れることもあるが、シンプルな見た目と味付け。離乳食などにも使われる。お茶で炊き上げる「茶粥」もある。粥の上澄み液が重湯だ。「一合雑炊、二合粥、三合飯」と言われるように「雑炊」は少量の米ででき、おかずがいらず身体が芯から温まる。

親しきは酔うての後のそば雑炊　　吉村　昭

―すき焼（やき）―　卵につけて食べるわけ

牛鍋（ぎゅうなべ）　鶏（とり）すき　饂飩（うどん）すき　魚（うお）すき

獣肉を調理用の鍋に入れるのは気が引けたので、農具の鋤の上で焼いて食べていたためにすき焼という。直接食べるとやけどしてしまうので卵につけて冷まして食べるようになったともいわれているが、諸説ある。江戸時代には農耕に使われる牛は基本的に食べなかった。鴨鍋や泥鰌（どじょう）鍋、軍鶏（しゃも）鍋などのすき焼きは卵とじにして食べていたという。しかし、気が早い江戸っ子は卵を蒸す時間がもったいない！　と思い、卵に直接つけて食べる人が出始め、この食べ方が〝通〟となったようだ。

明治時代になり、天皇が食べたことで、牛肉を入れた「すき焼」が一般にも普及し、この〝通〟の食べ方が栄養価も高く高級感を伴って広まったという。牛肉に慣れていない庶民は、その臭みを消しておいしく食べるために卵を使ったともいう。また、卵を使うことで目の前の肉を早く食べられるため、という見方もある。いずれにしてもいつの時代も完全食品＝卵は万能だ。

すき焼やいつか離れてゆく家族　　花野くゆ

―おでん―　江戸っ子が生んだ元祖ファストフード!?

関東煮　おでん屋　おでん酒　煮込みおでん

おでんのルーツは室町時代、豆腐を串に刺してあぶり、味噌をつけた「焼き田楽」といわれる。もともとおでんとは、田楽をさす女房言葉で「お田楽」が「おでん」になったという。焼き時間を待てない気の短い江戸っ子が、最初から煮込んでおいて、すぐに味噌を塗って提供する〝煮込み田楽〟スタイルを生み、江戸時代後期にファストフードとして定着。種には蒟蒻、白滝、大根、昆布、はんぺん、竹輪、玉子、生揚げなどバリエーションがしだいに増えた。関西ではおでんを「関東煮（炊き）」と呼ぶ。

コンビニのレジ横で売られていたおでんも、最近では清掃や補充に時間がかかることや人手不足などの理由から、パックや容器に入ったものに変わりつつある。日本全国にご当地おでんが生まれ、アボカド、鯨種、豚足、餃子巻き、八丁味噌の汁等々、地方色豊かな種、出汁やたれなどのトッピングも楽しまれている。最近では丸ごとのジャガイモやソーセージで洋風仕立て（ポトフ風）にしたものも好まれている。

鍋もっておでん屋までの月明り　渥美　清

―風呂吹― お風呂と大根の関係って？

風呂吹大根　煮大根

大根、蕪、冬瓜、柿、無花果などの野菜や果物を柔らかく茹で、柚子味噌や練り味噌などをつけて食べる料理。厚めの輪切りにした大根に味噌をつけて食べる「風呂吹大根」が一般的だが、「蕪の風呂吹き」「冬瓜の風呂吹き」なども美味。米のとぎ汁もしくは糠を入れて茹でると、白く茹で上がり苦みも取れる。身体が温まる家庭料理だ。

なぜ風呂吹きというのかは諸説ある。①江戸時代の書物によると、伊勢地方では熱い蒸し風呂が好まれ、息を吹きかけて垢をこすり取るものがいた。その様子と熱い大根に息を吹きかけて食べる様子が似ていたので、〝風呂吹大根〟と呼ばれる。②漆職人が冬になると漆風呂（作業場）での漆の乾きが悪く困っていたところ、ある僧から大根の茹で汁を霧吹きすれば良いと教えられ、試すとうまくいった。これは漆が温かい湿気で固まるためだ。そして、茹で汁を取るために使った大量の大根を「風呂を吹いた大根」として近所に配り、喜ばれた。③不老富貴が起源だという説も面白い。

風呂吹にとろりと味噌の流れけり　松瀬青々

火事（かじ／くわじ）

江戸に大火が一〇〇回、その理由とは？

大火（たいか）　小火（ぼや）　近火（きんか）　遠火事（とおかじ）　昼火事（ひるかじ）　船火事（ふなかじ）　火事見舞（かじみまい）　山火事（やまかじ）　火事跡（かじあと）

「火事と喧嘩（けんか）は江戸の花」という言葉が残るほど、江戸期には火事が頻発し、幕府は世界最初の消防組織〝火消し〟を作った。一六五七年の明暦の大火（通称：振袖（ふりそで）火事。死者一〇万七〇〇〇人で江戸の大半を焼いたという）、一七七二年の放火による明和の大火、一八〇六年の文化の大火（丙寅（ひのえとら）の大火）が「江戸三大大火」。さらに、これに匹敵する火事が二、三年に一度起き、一〇〇回近くあったという。

多発した理由には、過度な人口集中が挙げられる。当時のロンドンは約七〇万人、パリは約五〇万人に対し、江戸は一一〇万人という世界最大の都市だった。武士生活を支えるために商人、職人が町人として流入。家は紙と木で建てられ、長屋暮らしをする町人も多かったため、延焼しやすかった。また、長屋暮らしで〝宵越しの銭を持たない〟独身男性は、酒に酔い、寝煙草などの火の不始末が多かった。調理からの失火、放火も多く、冬期に乾燥し、強風が吹いた気象条件も挙げられている。

棒立ちのものばかりなり火事の跡　北村仁子

―蒟蒻掘る―　蒟蒻がアメリカ攻撃の爆弾に使われた！

蒟蒻玉掘る　蒟蒻玉　蒟蒻干す　蒟蒻すだれ　蒟蒻の簾干し　夏蒟蒻芋　蒟蒻の花

地下の球形の蒟蒻芋（玉）は、掘り出したあと皮を除き薄切りにし、一週間ほど干して、砕いて粉末にする。この粉末を水に溶かし、石灰液を加えて蒟蒻にする。田楽、おでん、糸蒟蒻、さらに細い白滝などとなる。栄養価は低いが昔から「胃の砂おろし」といわれ、有害物質を体外に出す効能が知られている。生産された蒟蒻の九五パーセントを日本人が消費。国内では群馬県が最大の産地。蒟蒻はその花の形状から英語で「devil's Tongue（悪魔の舌）」と呼ばれ、欧米では食卓に上らない。

第二次大戦中、直径一〇メートルもある大きな風船に爆弾を吊るした風船爆弾を作るために、日本中の蒟蒻芋（玉）が集められた。ゴムが欠乏した当時、和紙で作られた風船の防水と気密を保つために、耐寒耐熱性の高い蒟蒻糊が使われたのだ。手先の器用な女学生が動員された。米国本土に向け、偏西風を利用して約九〇〇〇発もが放たれ、三〇〇余りがアメリカ本土に着弾し、数名の死亡が確認されている。

和紙の里蒟蒻玉を道に干し　今井真寿美

―味噌作る―　赤味噌と白味噌の違いって？

味噌搗き　味噌仕込む　寒味噌　[春]味噌豆煮る　玉味噌　味噌玉

原料となる大豆を蒸したり煮たりしてから、それを搗き、そこに米麹、塩を混ぜて発酵・熟成させて出来上がる。大豆を蒸して作ると赤味噌に、煮て作ると白味噌になる。

赤味噌は大豆の浸水時間を長くし、高温で長時間蒸す。すると大豆に含まれるたんぱく質やアミノ酸が糖分と反応して褐色に変色する。メイラード反応と呼ばれる現象だ。結果、茶色い赤味噌になる。辛口が多く、濃厚な旨みがある。関東以北で多く作られるが、大豆の代わりに米が使われる津軽味噌、仙台味噌などもある。

一方、白味噌は大豆の浸水時間を短くし、大豆を煮て、煮汁を取り、熱いうちに多めの米麹と塩を混ぜて桶等に詰める。温度の変化が少ない場所で一～二週間の短期で熟成させると、メイラード反応が抑えられ、色が淡くなるのだ。熟成期間が短いことで塩分が抑えられ、貯蔵性は低くなるが、麹の糖分で甘みが増し、香りもよい。西京味噌（京都）、讃岐味噌など関西以南に多い。大豆の代わりに麦を使う地域もある。

大安のついたちなりと味噌仕込む　川端富美子

―雪達磨―　日本と西洋の雪文化の違い

雪仏　雪兎　雪釣

『徒然草』一六六段に「……春の日に雪仏を作りて、そのために金銀珠玉のかざりを営み」とある。「雪仏」は「雪達磨」の傍題になっている。江戸時代後期の浮世絵師・歌川広重門下の歌川広景の『江戸名所道戯盡　廿二　御蔵前の雪』に描かれている雪達磨は、大小二つの雪玉を重ねたものではなく、正月の達磨市で売られる縁起物に近い形で、魚のお供え物がしてある。信仰と結びついていたようだ。雪玉がいつから二つになったのかわからないが、冬の季語に「雪まろげ」という雪を転がしてまめる遊びがある。転がして大小できるとさあ重ねてみようかとなる。雪を二つ重ねるのは達磨信仰が続いているためだろうか。

欧米などでは、雪達磨を「スノーマン」と呼ぶ。日本との違いは、雪玉が三段ある点だ。人（マン）の形をイメージして、頭・胴体・足となっている。バケツではなく、サンタクロースの赤い帽子をかぶったり、首にマフラーをしたりして楽しんでいる。

雪だるま星のおしやべりぺちやくちやと　　松本たかし

―スケート― 格差社会が生んだスピードスケートとフィギュア

スケート場(じょう)　スケート靴(ぐつ)　スケーター

スケートの歴史は古く、動物の骨で作った滑走用具が、北欧の石器時代の遺跡から発見されている。「スピードスケート」も「フィギュアスケート」も、もともとは一七世紀頃のオランダで生まれたという。オランダでは多くの運河が冬になると凍結。市民は目的地までいかに早く着けるかという競争に熱心で「スピードスケート」が誕生した。一方、貴族間では優雅な芸術性が好まれ、「フィギュアスケート」に発展。

昨今、フィギュアスケートの華やかな衣装も見どころだが、国際スケート連盟（ISU）による細かい規制がある。過度の肌の露出は禁止。男性のタイツは認められず、ズボン着用が義務付けられている。また、アクセサリーや仮面などの小道具は禁止。衣装の装飾は外れてはならないなどが明記。過去に高橋大輔選手（当時二七歳）が、白鳥をモチーフにした衣装で滑り、一枚の羽が落ちたことで一点減点された。競技中の転倒と同じ一点の減点。フィギュア熱は高まる一方で、その進化に目が離せない。

スケートの花となるまで回りけり　名取里美

―湯冷め(ゆざめ)― 猿に湯冷めはない

長野県の上信越高原国立公園にある地獄谷には、雪の中、温泉に入る野生の猿がいる。しかし、なぜ彼らは湯冷めしないのか？　それは多くの体毛に覆われているために、皮膚が冷気に触れにくく、体の熱が逃げにくいから。また、汗腺が少なく、ほとんど汗をかかないうえに、末端の毛細血管が収縮し、体温を奪われない機能が発達しているためだという。体を震わせて水分をはじき飛ばし、湯上がりも平気らしい。

人間の湯冷めは、お風呂で温まった体温を下げるために出る汗の冷却効果で起きる。だからバスルームで体を拭いてしまい、汗がひいてから服を着ることが湯冷めを防ぐポイント。バスローブなどを使い、汗が引いた後に服を着る。また、入浴後すぐに布団に入ると、かえって汗をかき、風邪を引きやすくなるようだ。冷えやすい首元と足先の保温も大事。喉(のど)が渇いている湯上がりには、常温の水でもよいが、温かい白湯や生姜(しょうが)を加えた飲み物で腸内を温めるのも湯冷めを防いでくれる。

湯冷めして顔の小さくなりにけり　　雨宮きぬよ

豆撒（まめまき）—「鬼は内」が全国各地に響く

福（ふく）は内（うち）　鬼（おに）は外（そと）　豆打（まめうち）　年（とし）の豆（まめ）　福（ふく）の豆（まめ）　年男（としおとこ）　鬼（おに）やらひ　追儺（ついな）

節分の夜には「鬼は外、福は内」と連呼しながら、鬼を追い払う。渡辺綱（わたなべのつな）は源頼光の四天王の一人。頼光に従って大江山の酒呑（しゅてん）童子や、鬼同丸（きどうまる）を退治し、一条戻橋で鬼婆の腕を叩き切った伝説が残る。鬼は渡辺一門を恐れ続け、渡辺綱の子孫が多い宮城県村田町では、鬼を逃さないために「福は内、鬼も内」と掛け声を上げる風習が残る。群馬県藤岡市鬼石地区は町ができたのは鬼が投げた石のおかげなので、全国の鬼を歓迎する「鬼恋節分祭」が開催される。鬼頭、鬼沢、九鬼など、名字に「鬼」のつく家々では当然ながら、「鬼は外」とはいわない。また、伝統的な商家では鬼＝大荷ととらえ、大きな荷物が店に入るよう「鬼（大荷）は内」という家も多いようだ。「福は内　鬼は内」の掛け声の社寺も数多い。奈良市の元興寺、新宿区歌舞伎町の稲荷鬼王神社、奈良県天川村の天河神社等々だ。川越市の川越大師喜多院、名古屋市の大須観音、千葉県成田市の成田山新勝寺などでは「福は内」のみの掛け声である。

この国の闇に無言の豆を打つ　　後藤菊子

―除夜の鐘― なぜ一〇八回なのか

大晦日に寺の鐘を撞く日本の風習。その数一〇八回は煩悩の数といわれるが、理由は諸説ある。①一年間の月の数の一二＋二四節気の数の二四＋七二候の数の七二を足した数＝一〇八となり、一年間を表しているという説。②四苦八苦を取り払うという意味で四×九＋八×九＝一〇八となる説。③人間の五感＋意識＝六（あるいは六根、六識ともいう）に対しての、それぞれに好（気持ちが好い）・悪（気持ちが悪い）・平（どうでもよい）の三、そこに浄、汚の二つの属性、そして前世、今世、来世の三つを組み合わせて六×三×二×三＝一〇八とする説などがある。

一〇七回はまでは旧年（大晦日）の内に撞き、残りの一回を新年に撞くのが正式とする寺もある。いずれにしても一度に煩悩を洗い流すなんて虫が良すぎるのかも。それでもやはり、一年間を振り返り、鐘の音と共に心身を癒し、浄化し、気持ち新たに出発したいものだ。

列島の闇真新し除夜の鐘　廣井良介

―クリスマス―　クリスマスに七面鳥を食べるわけは？

聖夜（せいや）　降誕祭（こうたんさい）　聖樹（せいじゅ）　クリスマスツリー　聖歌（せいか）　聖菓（せいか）　クリスマス・イブ

欧米のクリスマスで七面鳥の丸焼きを食べるのは、宗教的理由からではない。じつはアメリカ建国時代の苦労をしのび、感謝の気持ちを思い起こすアメリカ発の風習なのだ。一七世紀、ヨーロッパから新大陸アメリカを目指して移住した人々は、収穫がうまくいかず、飢えて死にそうになっていた。その際、ネイティブアメリカンから七面鳥を与えられ、彼らは飢え死にせず越冬できたという。

無事に冬を越した移民たちは、翌年は収穫がうまくいき、ネイティブアメリカンたちにお礼として、七面鳥を含め、収穫できた食料を渡したという。アメリカが今あるのは、ネイティブアメリカンからの七面鳥という貴重な食料のおかげだったのだ。以来、飼育しやすくて大きい七面鳥は、「縁起物」として、感謝祭、クリスマス、結婚式などのお祝いの席には欠かせないものとなった。日本に広まらなかったのは、入手困難で、大型のオーブンが普及していなかったため。残念。

聖夜かな水にかそけき火の匂ひ　　二川茂德

―サンタクロース― 彼には素敵な奥さんがいる

サンタクロースはクリスマスの傍題。彼には献身的な奥さん、「ミセスクロース」（Mrs. Claus）がいる。英語圏ではお馴染（なじ）みの存在で、一九世紀半ばのアメリカの書籍「A Christmas Legend」の中でその存在が言及されている。イギリスではマザークリスマスと呼ばれている。ミセスクロースは夫と同じ赤と白の衣装を身にまとい、老齢で白髪、メガネ姿で描かれることが多く、エプロンを着用していることもある。各地で行われるクリスマスイベントなどにも登場し、子ども達にも大人気である。普段は妖精（ようせい）たちとクッキーを焼き、プレゼントを運ぶ用意、洗濯、トナカイの世話などをして夫の活動を陰で支えている。落ち着いた忍耐強い優しい女性として描かれる。

一方、フィンランドのミセスクロースは「ヨウルムオリ（ヨウルマー）」。魔女の家系に生まれた芯（しん）の強い神秘的な女性だという。「ヨウル joulu」とは、フィンランド語で「クリスマス」、「ムオリ muori」とは「おばあちゃん、老いた母」などの意味。

この出逢ひこそクリスマスプレゼント　稲畑汀子

近松忌　心中が後を絶たなくなる物語を描いた

巣林子忌　巣林忌　〈一七二四年旧暦一一月二二日、浄瑠璃・歌舞伎作者近松門左衛門の忌日〉

芭蕉、西鶴とともに元禄文化を代表する作家。巣林子、巣林、平安堂と号した。武士を捨てて、坂田藤十郎のために脚本を書き、上方歌舞伎の全盛を招いた。また、竹本義太夫のために浄瑠璃を書き、義太夫節の確立に寄与。代表作の世話物に『曾根崎心中』『冥途の飛脚』『心中天の網島』『女殺油地獄』。時代物に『国性爺合戦』など。その芸術論に「芸というものは実と虚との皮膜の間にあるもの也」がある。

「此の世のなごり、夜もなごり。死にに行く身をたとふれば、あだしが原の道の霜。～寂滅為楽とひびくなり」で始まる道行、『曾根崎心中』。最後の段は「未来成仏うたがひなき恋の手本となりにけり」と結ばれる。美しく語る心中物語は大ヒットし、その影響か、大阪中心に心中が増加。困り果てた幕府は心中物の上演と出版を禁止。片方が生き残った場合は死刑。未遂の場合は、二人は三日間晒し刑にされ、士農工商から外れる身分に落とされた。しかし禁止令にもかかわらず、心中は後を絶たなかった。

人肌の匂ふ日暮れや近松忌　　中村苑子

一葉忌（いちようき・いちえふき）　貧乏なのに五千円札のモデルになった

〈一八九六年一一月二三日、作家樋口一葉の忌日〉

お札に肖像画が採用された理由は、財務省によれば「女性だったから。教科書に載っているから。精密な写真が残っていたから」。明治時代の神功皇后の肖像に続き、女性では二人目。父が負債を残して亡くなった後は、極貧生活の中、質屋通いや借金を繰り返した。中島歌子・半井桃水（なからいとうすい）からそれぞれ和歌、小説を学び、和歌は生涯四〇〇〇首、小説は二二編残した。「文学は糊口（ここう）の為になすべき物ならず」と喝破。『大つごもり』『たけくらべ』『にごりえ』『十三夜』と、傑作を一挙に書き上げた。その栄光の期間は「奇跡の一四か月」ともいわれる。底辺の体験と虐げられた女性の立場に根差した鋭い批判精神も評価されている。わずか二四年八か月の生涯だった。

ペンネーム・一葉の名は、達磨大師が一葉の葦（あし）に乗って長江を渡った故事に因（ちな）んだもので、足（お銭（あし））がないというシャレである。本郷菊坂には石川啄木、宮沢賢治も住み、いまも当時の雰囲気が残り、狭い路地には一葉が使っていたという井戸もある。

日本語の乙張（めりはり）しんと一葉忌　川崎展宏

―漱石忌（そうせきき）―　総理大臣からの宴会の誘いを断った

〈一九一六年一二月九日　文豪夏目漱石の忌日〉

一九〇七（明治四〇）年六月、漱石に首相・西園寺公望（さいおんじきんもち）から招待状が届いた。文士招待会への誘いで、森鷗外、幸田露伴、泉鏡花、徳田秋声、島崎藤村、国木田独歩、田山花袋ら錚々（そうそう）たる文人二〇人が招待された。だが、漱石はこれを断った。「多忙につき欠席」の旨を書いたはがきの最後に一句したためた。「時鳥厠半ばに出かねたり」。用をたしている途中なので出られないという。何という大胆でユーモラスな句だろう。はがきをもらった西園寺公も、「まつ甲斐の姿をみたり時鳥」と、返句を詠んでその欠席を残念がっている。昨今の人々となんという差だろう。

また、漱石は国からの文学博士号の授与も断っている。漱石にしてみれば、時の総理とお茶などするより、創作の時間が大切。文学博士などの称号は文学とは無関係な余計なもの、ということだろうか。未だに多くの人々に読み継がれている文豪の迫力を感じる。晩年は糖尿病、神経痛、ノイローゼ、胃潰瘍にも悩まされていたという。

菊判の重きを愛し漱石忌　　西嶋あさ子

―狸（たぬき）―　なぜ狸そば、狸うどんと呼ばれるのか？

たのき　むじな

「狸」「狸汁」は冬の季語だが、狸そば、狸うどんは季語ではないので念のため。狐そばや狐うどんの由来は、狐の好物が油揚げで、狐色だからと言われれば納得。

しかし狸うどん、狸そばと呼ばれる理由はどこからきているのだろう。①具材に天ぷらのタネがない天かすが載っている。したがって「タネ抜き」という言葉から、なまって「タヌキ」となった。②天ぷらが入っていると思いきや天カスしか入っていないので、狸に騙（だま）されたようだということから名付けられた。③天カスの印象が腹を膨らませた狸を連想させることに由来。④関西ではそばよりうどんが好まれていたので、うどんがそばに化けたから狸そば。などさまざまな説がある。

地方によって中身も異なり、京都ではかけそばに刻んだ油揚げを入れて、くずあんをかけたものをいう。また、大阪では、甘辛く煮た油揚げを入れたかけそば（一般的なきつねそば）を「たぬき」と呼ぶからややこしい。

晩成を待つ顔をして狸かな　　有馬朗人

―隼（はやぶさ）― 世界一速い動物は？

鷹（たか）　大鷹（おおたか）　鵟（のすり）　蒼鷹（もろがえり）　刺羽（さしば）

「世界一速い動物は？」と聞かれて、隼と答えられる人は多くないだろう。いわゆる猛禽類の一種。獲物に向かって急降下するときの最高速度は、チーターのおよそ三倍！　時速四〇〇キロに近いことが計測されている。パワーよりもスピードを活かして鳩や小鳥などを獲物とする狩りの名手でもある。全長約四五センチ、翼全開で一二〇センチの体格。俳句では、隼は鷹の傍題になっているが、ハヤブサ目ハヤブサ科に分類され、断崖（だんがい）に営巣し大鷹とともに鷹狩りに使われる。日本では飛翔中に翼の先端がとがることで他のタカ目の鳥と区別されている。

陸上ではチーターが時速一〇〇キロを超えるといわれ、世界最速を誇る。残念ながら持久力に欠け、このスピードで走れる距離は二〇〇～五〇〇メートルほど。海中での最速は巨大な背鰭が特徴のバショウカジキ。全長は約二メートル以上、約六〇キロの大型魚だが、時速一一〇キロのスピードで泳ぎ、ギネスブックに登録されている。

隼の霧きる翅音きこえけり　　吉田冬葉

—鴛鴦—

仲睦まじいのはホント？

をし　鴛鴦の沓　思羽　鴛鴦の褥　鴛鴦の浮寝　離鴛鴦

雄の冬羽の多彩な美しさは、神主の木沓に似ているため「鴛鴦の沓」という。鴛鴦の雄と雌は常に寄り添うように行動し、眠るのにも翼を交わし、頸を交えるので「鴛鴦の契り」「鴛鴦の褥」「おしどり夫婦」などといわれる。雌雄のどちらかが捕らえられると、思い焦がれて死んでしまうという伝説もあるほどだ。雌が巣穴の場所を決めると、雄は羽毛を使ってせっせと居心地よい巣を作る。交尾を終え、メスが産卵すると、雄は雌を必死で守り、またほかの雄がちょっかいを出すのを許さない。

しかし、いつまでも仲睦まじいわけではない。雌が卵を孵して懸命に子育てしているというのに、育児は雌に任せっきり。手伝うどころか、妻子をいっぺんに捨て、ほかの雌を求めて出て行ってしまう。鴛鴦の交際期間はその年の内だけで、雄は毎年パートナーを替えるのだ。鴛鴦の夫婦は、いつまでも「おしどり夫婦」ではない。これでは「おしどり夫婦」というのが誉め言葉ではなくなってしまう。知らなければよかった？

氷上に花園なして鴛鴦ねむる　堀口星眠

鮫（さめ）――最も長生きで、最ものろく、最も大きい

鱶（ふか）　青鮫（あおざめ）　猫鮫（ねこざめ）　鋸鮫（のこぎりざめ）

　四億年前に誕生したとされる鮫は、生物大量絶滅（大絶滅）の生き残りである。六五〇〇万年前には恐竜も絶滅したが、鮫は海の王者として君臨し続けている。

　北極海などに生息するニシオンデンザメ（西隠田鮫）は、最高で約四〇〇年以上も生き最も長生きする脊椎（せきつい）動物かも――そんな研究成果を、コペンハーゲン大学などが発表している。しかしその泳ぐ速度は時速約一キロメートル。世界一のろい魚だという。いっぽう、世界一大きい魚は、模様が和服の甚平に似ているために命名されたジンベイザメ（甚平鮫）。日本近海には暖流に乗って鰹（かつお）とともに北上し、関西では鱶（ふか）、山陰ではワニともいい、「因幡（いなば）の素兎（しろうさぎ）」に登場する。全長は最大一三メートル、体重は二一トンに達するが、性格は温厚でプランクトンを食べている。ジンベイザメの尾鰭（フカヒレ）は中華料理の最高級食材とされ、乱獲が続き絶滅危惧種に指定されている。やがて人が、鮫を食い尽くしてしまう？

本の山くづれて遠き海に鮫　　小澤　實

鮪(まぐろ)──「ネギトロ」はネギもトロも無関係だった

鮪船(まぐろぶね)　鮪釣(まぐろつり)　大鮪(おおまぐろ)　黒鮪(くろまぐろ)　鮪網(まぐろあみ)　しび　めばち

日本人は世界の鮪の約半分を消費している。ネギトロとは、もともとは、鮪を一本買っている業者が、切身を取ったあとの中落ち（骨の隙間に残っている切り身以外で捨ててしまう部分）や、皮の裏の身や頭の肉をそぎ取って作ったのが始まりで、ネギトロといっても、筋の少ない脂身のトロは使われない。スプーンなどで掻き取ることを「ねぎる」「ねぎ取る」といい、この言葉から「ネギトロ」になったという説がある。ネギトロのネギも、野菜のネギとは無関係。ネギトロにネギを薬味として載せることはあっても、ネギトロ自体にネギが入っていることはなかった。また、浅草の金太楼鮨の会長が「ねぎとろ」と、命名し、店で初めて出したそうだ。

しかし、近年は、一部でほんもののトロを使ったネギトロや、ネギを混ぜたネギトロも販売されるようになっている。また、元々の由来とは関係なく、鮪の身を叩いて、ペースト状にしたものをネギトロと呼ぶようにもなっている。

此の岸の淋しさ鮪ぶち切らる　加倉井秋を

―鱈（たら）―　その名前もさまざまに味わい深い

真鱈（まだら）　子持鱈（こもちだら）　介党鱈（すけとうだら）（助宗鱈（すけそうだら））　子持鱈（こもちたら）　鱈子（たらこ）　鱈場（たらば）　鱈船（たらぶね）　鱈鍋（たらなべ）　鱈汁（たらじる）　鱈割女（たらわりめ）

「魚偏に雪」の鱈は、まさに冬が旬。その表記から、「雪のように白い肉だから」とも、「雪が降る頃から旬となり、鱈漁が始まるから」ともいわれる。一般的には真鱈を指す。ほか介党鱈（＝助宗鱈）と粉馬以（こまい）の二種類。真鱈は体長一メートルほど。刺身、塩焼きや味噌焼き、鍋物のほかに「棒鱈」（干鱈・春の季語）などもある。肝臓は珍味で、肝油が抽出される。胆嚢（たんのう）は消化薬、浮袋は膠（にかわ）の原料になり、精巣が白子だ。

介党鱈は、真鱈より小型で味が劣り、蒲鉾（かまぼこ）や竹輪、カニカマの原料になる。しかし、その卵巣は真鱈よりも介党鱈の方がおいしく、鱈子は介党鱈の卵巣を塩漬けしたものだ。韓国では、介党鱈を明太と呼ぶ。明太子とは、鱈の子であり、明太の子で、これに辛子で味付けしたものが「辛子明太子」。酒の肴にもなる。「たらふく食った」というが、当て字で、「鱈腹」と書く。本来は、「足らふ（足りている）」に接続語尾の「く」がついたもののようだが、鱈が大食漢ゆえにこの当て字が使われた？

ましろなる鱈に血のありうつくしき　　楠本みね

―鮟鱇―　提灯鮟鱇の雄は雌のイボになってしまう

琵琶魚　老婆魚　鮟鱇の吊し切り

鮟鱇は琵琶の形をしているので琵琶魚とも呼ばれる。大きいものは一・五メートルにもなる。泳ぎが下手なため、餌を取る方法は、頭の誘引突起（釣り竿？）を揺らし、砂に潜って待ち続ける「鮟鱇の餌待ち」といわれるものぐさなもの。そのくせ大食漢で小魚を引き寄せて呑み込む。鮟鱇は骨とあごと目玉以外すべてを食べることができる。冬の内臓、特に肝が美味で、とも・ぬの・水袋・えら・柳肉・皮とともに「鮟鱇の七つ道具」と呼ばれている。俎板の料理が難しいので「吊るし切り」にされる。

提灯鮟鱇は鮟鱇の中でも小型で、食用にはならない。その大きさは雌でも六〇センチぐらい。深海で狩をするのは雌だけで、雄は体が小さく雌の三分の一～二〇分の一しかなく、〝釣り竿〟もなく、餌も採れない。雄は雌の体にしがみつきそのまま食いついて、雌の栄養をもらい、養ってもらいやがて癒着したままイボのようになってしまう。こうして雄は雌に寄生して一生を添い遂げる。うらやましい？

鮟鱇に似て口ひらく無為の日々　木下夕爾

―ししゃも―　あなたは〝日本のししゃも〟を食べたことがない！

柳葉魚（ししゃも）　ししゃも焼（や）く

ししゃもという名は、アイヌ語の「スス・ハム」＝「柳の葉の形の魚」が語源で、アイヌの伝説から生まれた。病気で苦しむ父は空腹も重なり、なかなか癒えない。その父のために、子供が川岸で神様に祈りを捧げると、川岸の柳の葉が川に落ち、次々と魚に変わったという。冬にかけて産卵のために大群で川を遡（さかのぼ）る。戦前は北海道だけで食べられていたが、戦後、全国に普及した。

ししゃもは日本固有の魚だが、年間の漁獲高が減ってしまい、一般家庭にまで回らない。私達が食べているほとんどは、カペリンと呼ばれる代用魚で、和名を樺太（からふと）ししゃもという。カナダ、ノルウェーなどから輸入され、その量は年間で約三万トン。両者の違いはさほどなく、日本のししゃもは肥えて丸みを帯び、鱗（うろこ）も大きいが、樺太ししゃもはほっそりとして、鱗も小さい。大半のスーパーマーケットに並ぶのはこちら。残念ながら家庭や居酒屋で食べている子持ちししゃもは、日本産ではないようだ。

ししやもししやも顎まで卵満たしゐる　　辛崎　修

—鮃(ひらめ)—「左ヒラメに右カレイ」とは?

寒鮃(かんびらめ)　比目魚(ひらめ)　平目(ひらめ)

鮃も鰈(かれい)も体が木の葉のように平らで目が偏っている。鮃はカレイ目ヒラメ科。似ているわけだ。鮃は全長約八〇センチに達する。脂ののった寒の内がおいしい。とくに上下の鰭(ひれ)の付け根の骨の間の肉が「鮃の縁側」と呼ばれ珍重される。刺身、煮物、蒸物、塩焼きなどいろいろ味わえる高級魚。鰈は季語になっていない。区別するのに俗に「左ヒラメに右カレイ」といわれる。目がある方を上にして置くと鮃は左を向いていて、鰈は右を向いているのだ。かつては鮃は鰈の一種という扱いだった。

鮃も孵化して一〇日過ぎごろまでは、他の魚と同様に目は体の両側にあり、口も水平についているが、成長に伴い右目が体の左側に移動する。口も左側に寄り、体が右側に傾き、そのまま横になり、昼間は近海の砂泥底にひそんでいる。夜になると近くを通る魚、海老(えび)、蟹(かに)などの餌を求めて活動的になる。体の色は周囲の色に合わせて変化。泳ぐ姿勢もそのままで体を上下に波打って進む摩訶不思議な魚だ。

煮凝の半信半疑鮃の目　高澤良一

―ずわい蟹―　なぜ数え方が「一杯」？

松葉蟹　越前蟹

蟹は夏の季語だが、大型のずわい蟹は冬が旬。雄は甲長約一八センチメートルで、足を左右にのばすと約一メートルにもなる。雌は雄の約二分の一。山陰や京都では松葉蟹、福井県では越前蟹と呼ばれる。水深約二〇〇メートルの所に集団生活する。

蟹や烏賊などは生きている時は、「一匹」と数えるが、市場に出ると「一杯」と数えられる。店頭では蟹や烏賊に「一杯」と表記されている。その由来にはさまざまな説があるが、蟹の甲羅が丸身を帯びていて容器のような形なので、「一杯」で数えるようになった。また、アワビの殻もそれに似ているので、「一杯」で数えることがあるという。江戸時代から、漁師は蟹を丸い桶単位で取引していて、当時、桶を「杯」と数えた名残からそのまま「杯」で数えるようになったともいわれている。しかし鳥取県では一枚、二枚と数えている。また、地域によっては、一盃、一個、一尾などと数える場合もあり、新聞各社でも表記に違いがあるようだ。

食膳に王者の如くずわい蟹　中川路不二男

―ポインセチア―　その名は米国の初代メキシコ大使

猩々木（しょうじょうぼく）　クリスマスフラワー

ポインセチアはメキシコ原産の熱帯花木で、日本へは明治中期に渡来。株全体が緑の葉でおおわれているが、観賞される中心的存在は、葉でも花でもない、つぼみを包む「苞葉（ほうよう）」と呼ばれる部分。花はわずか六ミリほどで、苞葉の中心に数十個がまとまっている。その苞葉が一二月ごろに鮮やかに色づく。色は濃紅色、ピンク、黄色、白などだが、赤と緑と白の三色がクリスマスカラーと呼ばれ、赤は「キリストの流した血の色」、緑は「永遠の命や愛」、白は「純潔」を表しており、世界中で親しまれている。

名前の由来は、アメリカの初代駐メキシコ大使、ジョエル・ポインセット。任を解かれて帰国するとき、自生していたポインセチアを持ち帰り、普及させた。日本で猩々木（しょうじょうぼく）と呼ばれるのは、赤い顔をした酒好きの想像上の怪獣「猩々」に見立てたことに由来する。定番の赤の花言葉は「祝福する」「幸運を祈る」「私の心は燃えている」。年末にかけての、せわしい時期に、そっと元気を与えてくれる。

待つといふ静寂をポインセチアの灯　　上田日差子

—蜜柑(みかん)—　おいしいみかんの見分け方

温州蜜柑(うんしゅうみかん)　伊予蜜柑(いよみかん)　蜜柑山(みかんやま)　蜜柑畑(みかんばたけ)　蜜柑村(みかんむら)　蜜柑摘(みかんつ)む　蜜柑(みかん)もぐ

明治の頃までは紀州蜜柑が普通だったが、いまは鹿児島原産の温州蜜柑がその代表。甘みと酸味がほどよく調和し、種もほとんどない。ほかに、インド原産のマンダリンなどもあり、その種類は多い。愛媛、和歌山、静岡、熊本、佐賀などが主要産地。初夏に花が咲き、色の黄色くならないものは「青蜜柑」で、秋の季語になる。

おいしい蜜柑は、まず皮の色の濃い小ぶりの完熟したものを選ぶ。形は平べったいものが甘い。糖度が増してくる秋口には横へと生長してくるからだ。触感は張りがあって、しっとりしていて弾力に富むものがいい。硬いものはまだ生長途中。へたは小さく黄色いものを選ぶ。あるいはへこんでいたらなおよい。へたが大きいものは勢いのある若い枝に着果したもので、水分が多く糖度が落ちるという。

蜜柑は冷蔵庫に入れておくと、乾燥して甘さが失せたり、低温障害で傷んだりするので、風通しの良い、暖房の効いていない涼しい場所に置きたい。

共に剝きて母の蜜柑の方が甘し　　鈴木榮子

――欅枯る(けやきかる)―― 関東の防風林はなぜ欅なのか？

名(な)の木枯(きか)る　桜枯(さくらか)る　銀杏枯(いちょうか)る　葡萄枯(ぶどうか)る　櫟枯(いちいか)る　榎枯(えのきか)る　蔦枯(つたか)る　桑枯(くわか)る

一般的に知られた親しみのある木が落葉して枯れた場合を「名の木枯る」というが、俳句独特の言葉。ふつう「欅枯る」など、具体的に木の名前を付けて用いられる。

関西の防風林は、京都の竹林に代表されるように竹や、楠などの常緑樹が多い。が、関東以北になると落葉高樹で、生長が早く寿命が長い欅が使われる。原宿の表参道や、多くの神社や寺の周辺、農家を守る屋敷林にも欅が使われている。宮城、福島、埼玉の県のシンボルツリーはいずれも欅である。兵庫、熊本、鹿児島はいずれも楠を県の樹に指定している。関東地方で強い風を防ぐ必要があるのは、主に台風シーズンである。夏に茂る欅の細かな葉はその役割を充分に果たす。そして関東以北で冬に必要なのは〝日照〟〝暖かさ〟である。欅は冬には裸木になってしまうので、日光をさんさんと浴びることができる。関西以南は冬の日差しも強いから常緑樹や竹が快適で、また目隠しの役目も果たしてくれる。それが先人のからの智恵である。

大欅枯れてより日をとりもどす　井上あきを

白菜漬

白菜　黒い点々は何だろう？

白菜は中国が原産で、蕪（華北）とチンゲン菜（華南）の交配で生まれたという。日本には明治初期に渡来。冬野菜の代表で、鍋や漬物をはじめ調理法も多い。

ところで、白菜についている小さい黒い点々は「ゴマ症」といもわれ、野沢菜や蕪にもつくことがある。病害虫とは関係なく、肥料の成分である窒素が集まってできたもので、いわば肥料の与えすぎが原因。人体には無害でうまさや栄養とは無関係なので気にする必要はない。

白菜はふつう外側から食べるが、内側から食べる方法も。外側の葉が旨み成分を作り、内側の葉に送っている。これは収穫後も続くため、先に内側を食べることで、外側の旨みをそのまま残しておいしく食べられるというのだ。塩漬けにすると水分がどんどん奪われ、乳酸菌の働きが活発になるため酸っぱくなる。白菜の保存方法は、新聞紙に包んで、涼しい日陰に立てて置く。濡れた新聞紙は取り換えれば三週間以上はもつ。

白菜を脱ぎ白菜の真白なる　辻　美奈子

—人参（にんじん）— 長さが一メートルを超えるものがある

胡羅蔔（にんじん）

中国から渡来し、漢名は胡蘿蔔。胡は中国、蘿蔔は大根やすずしろのこと。金時、滝野川、五寸など種類も多く、長さはせいぜい一五センチ程だが、一メートルを超えるものも。山梨県市川三郷町の大塚地区で栽培されている「大塚にんじん」だ。もともとは群馬県高崎市国分地区で育成された国分鮮紅大長（こくぶせんこうおおなが）と呼ばれる品種。地元で「のっぷい」（のっぺらぼう）と呼ばれる肥沃で石のないきめ細かい土壌が根菜類の栽培に適していた。この土壌は数千年前の八ヶ岳の噴火による火山灰が堆積したものだという。一度は抜いてみたいもの。

大塚にんじんはその長さと濃い鮮紅色で独特の甘みと風味が特徴。また、普通の人参よりビタミンA群のカロチンは一・五倍、リボフラビン（ビタミンB2）が三倍、ビタミンCが二・三倍、レチノール、食物繊維なども多く、栄養価が非常に高いという。熊本長にんじんも、細長く一メートル前後あり、正月野菜として出荷される。

人参は丈をあきらめ色に出づ　藤田湘子

蓮根（れんこん）—— その穴は何のため？

蓮根（はすね）

「蓮根掘る」「蓮堀（はすほり）」も冬の季語。蓮根は晩秋の頃に大きくなり、ふつう冬期に掘り出して食べる。泥田に育つので収穫は大変な重労働。蓮根の穴を覗くと「先がよく見える」「人生が見通せる」ということで、おせち料理や祝い事に欠かせない。

蓮根といえば、穴が開いている野菜だが、この穴はいったい何のため？　蓮の根、と書くので、根を食べていると思うかもしれないが、実は根ではなく茎。すなわち地下茎を食べているのだ。茎の節々から出ている髭（ひげ）が根に当たる。栄養を吸収するのはこの根の部分。蓮根は泥の中の厳しい環境で育つため、水上から酸素を取り込まなければならない。その根に空気を送るためのパイプが、穴の開いた地下茎になっている。蓮は地上に葉と茎がありそれらにも穴が開いている。つまり、葉、葉柄、地下茎（蓮根）すべてに穴が開いていて、根の生長に必要な酸素が確保されている。

それにしても「見通しのきかない」世の中になったものです。

れんこんのくびれくびれのひげ根かな　　岡井省二

新年

あらたまのちからあめつちより貰ふ　　茨木和生

・一月一日　元日・鶏日(けいじつ)
年が改まり、お節料理を食べ、屠蘇で祝い、初詣に出かける。

・一月二日　狗日(くじつ)
初荷、初乗り、初湯、掃初め、書初などの行事、活動がはじまる。

・一月三日　猪日(ちょじつ)
はや三日を迎えて正月気分もこの日までといった趣もある。この三日間が三が日。もっともめでたい日とされ、なお正月らしい気分が続く。

・一月四日　羊日(やうじつ)
正月の気分を残しつつ、仕事始めとする所が多く平常の生活になる。

・一月五日　牛日(ぎうじつ)
四日に次いで仕事始めとする所も多い。手斧始めの日とするならわしもある。

・一月六日　馬日(ばじつ)
「若菜（七種(ななくさ)の総称）摘み」。七草粥の準備も行われる。七日正月の前夜であり、六日年越と称してさまざまな行事が行われてきた。

・**一月七日**　人日（じんじつ）
大事な節目で七日正月ともいわれる。七草粥は地方によって雑炊であり雑煮である。中国の古い慣わしで、元日から六日までのそれぞれに禽獣を占い、七日には人を占ったりしたことから来ている。

・**一月一五日**　小正月
元日の大正月に対してこう呼ぶが、地方によって日が異なる。

・**一月二〇日**　二十日正月
骨正月ともいわれ、残った骨で正月最後の御馳走を作る。

―正月（しょうがつ／しやうぐわつ）―　沖縄には正月が一年に三回ある!?

祝月（いわいづき）　元月（がんげつ）　春　旧正月（きゅうしょうがつ）

沖縄には正月が三回あると言われる。新暦の一月一日、旧正月、さらに旧暦の一月一六日に当たるあの世の正月「十六日祭（ジュウルクニチー）」。ジュウルクニチーが盛んなのは沖縄本島北部、宮古島地方や八重山地方。墓前に親戚一同が集まり、料理を詰めた重箱を備え、賑やかに先祖を供養し、正月を迎える。沖縄本島に住む宮古、八重山出身者は、那覇港の沖合にある遥拝の地、三重城（ミーグスク）でそれぞれの出身離島に向けて供え物を並べ、先祖へ祈る。

その由来にはさまざまな説がある。正月の神様の前では墓参りができないため、あるいは亡き夫のために競馬場から走り出た女性を見習った、台湾の元宵節に起源がある等々である。祭の最後には、先祖があの世でお金に困らないようにと紙線（ウチカビ）と呼ばれるあの世のお金を燃やす。

お年玉を三回もらえる？　子供は嬉しいが、正月料理を準備する大人は大変。

正月の子供に成つて見たきかな　一茶

三が日(さんがにち)　やってはいけないタブーとは

三が日とは、元日からの三日間のこと。この間にやってはいけないとされてきたことが諸説ある。「今時そんな無茶、言わないで」という方も多いかもしれない。その一、掃除をしてはいけない。なぜなら、大掃除が済み、門松を立て、お迎えした年神さまを追い出してしまうから。その二、「水の神様」を休ませるため、水仕事全般もダメ。洗濯をするなら排水口にザルや網で、年神様が流れないように工夫しておくべきか……。その三、「火の神様」荒神様を休ませるため火を使う煮焚きをしてはいけない。風呂には水も火を使うので、ダブルでNG。その四、刃物を使わない。けがをしない、縁を切らない、包丁を休ませるなどの理由から。その五、仏教の教え・殺生禁止から四つ足動物の肉を食べない。その六、争いが絶えなくなるから、ケンカをしない。その七、大金を使わない。少なくとも元日はお賽銭にとどめておく。福袋も初売りセールも楽しめない？　やっぱり今時は無理かもしれない。

しきたりもほどほどにして三が日　児玉充代

—初富士（はつふじ）— 対抗して生まれた山々の季語は？

富士山は山梨と静岡にまたがっているが、その山頂はどちらの県にも属さない。富士山の八合目より上は富士山本宮浅間大社の境内で私有地である。古来噴火を繰り返し「神の宿る山」として畏れられていて、それを鎮めるために浅間大神が祀（まつ）られたのが浅間神社の始まりといわれる。

羽田と成田から出発する「初富士」を堪能（たんのう）できるＪＡＬのフライトは、「初日の出」も見られるため、高額にもかかわらず長年人気が衰えない。ところでほかの山々はどうなる？　と思う人もいるだろう。今のところ初富士に倣って季語として歳時記に採用されているのは、俳諧（はいかい）の時代から詠まれている長野県と群馬県の境にある「初浅間」。「西の富士、東の筑波」と親しまれてきた茨城県の歌枕の名山「初筑波」。東国の初富士と呼応している滋賀県と京都府にかかる「初比叡」の三つしかない。百名山の中にも、もっと季語になっていい山々はある気がするのだが……。

初富士にかくすべき身もなかりけり　　中村汀女

一飾一　飾だけでも季語になる

お飾　輪飾

「踊」だけで季語になるように、「飾」だけで季語となっている。

「注連飾」「注連縄」「飾松」「鏡餅」をはじめとする新年の飾りものの総称ともいえる。「注連飾」の傍題としている歳時記もある。

「輪飾」は小型の注連縄の一種。「輪注連」「輪注連縄」ともいう。藁を輪の形に編み、その下に数条の藁を垂らし縁起物を添える。代表的なものが、神の降臨を表す「紙垂」、清廉潔白（あるいは長寿）を示す「裏白」（歯朶・羊歯・新年の季語）、子孫繁栄を願う「楪」、代々栄えるよう祈る「橙」（秋の季語だが「橙飾る」で新年の季語になる）などさまざまな縁起物が添えられる。さらに海老、扇、蜜柑、供え餅などを添えることもあり、飾る場所は門戸、床の間、室内の柱などである。神が宿る神聖で清浄な場所としてキッチンやトイレなどの水回り、災いを避けるために自動車や船、工場の機械にもコンパクトなものが飾られる。

草の戸といふにあらねど飾かな　長谷川　櫂

―注連飾(しめかざり)―　その意味と由来、種類と飾る時期

年縄(としなわ)　注連縄(しめなわ)　七五三縄(しめなわ)　牛蒡注連(ごぼうじめ)　大根注連(だいこじめ)　門飾(かどかざり)

注連縄の「しめ」は占有の意味で、神の領域と現世との境界を明らかにする縄のこと。藁を三本、五本、七本と下げることから七五三縄とも表記する。注連縄は特別なものなので、普段使う縄は右へねじるが、左へねじる「左綯い(ひだりない)」にして、幣＝紙垂(しで)（四手）を下げる。注連縄は、不浄なものが入らない役目も果たす。その由来は、『古事記』にもあるが、天照大神が天の岩戸から出た際に、再びそこに入らぬように注連縄で戸を塞(ふさ)いだという神話からきている。

注連飾は、注連縄に縁起物などの飾りをつけたもの。その形によって牛蒡注連、大根注連、前垂注連、輪飾などの名がある。牛蒡注連や大根注連は神棚向き。注連縄の片方が細く、片方が太いのが特徴だ。一二月一三日は「正月事始」（冬の季語）で、それ以降二八日までに飾る。二九日は九が「苦」を連想し、三一日に飾る「一夜飾り」は神様に失礼になるので避けよう。

まだ誰も来ぬ玄関の注連飾　　神尾季羊

鏡餅（かがみもち）　蜜柑が載っているわけは

御鏡（おかがみ）　飾餅（かざりもち）　具足餅（ぐそくもち）　鎧餅（よろいもち）

青銅製の鏡には霊力が備わっているとされ、餅は神聖な力がこもる食べ物と考えられていた。その餅を丸くして、神の宿る鏡にみたてて作られたのが鏡餅。「飾り餅」が転訛して「鏡餅」になったともいわれる。大小二つの丸餅を重ねることが多いが、三枚重ねたり、二段の片方を紅くして紅白とする地域もある。二つ重ねるのは、それぞれの段が月と日（太陽）を表し、福徳が重なるとされる。この風習は中国で元日に固い飴を食べ、丈夫な歯を願う「歯固め」の行事から伝わったとされる。

鏡餅が現在のような形になったのは、家に床の間が作られるようになった室町時代以降。武家では床の間に鎧や兜などを飾り、その前に鏡餅を供え、武家餅、具足餅、鎧餅と呼ばれた。女児は鏡台の前に供えたようだ。鏡餅には、伊勢海老や昆布、裏白などが添えられるが、橙に代わって蜜柑が載ることも多い。その色はだいだい色で、子孫が代々（だいだい）まで繁栄するようにという願いが込められている。

ひび割れをうしろへ廻す鏡餅　　嶋田麻紀

海老飾る

―飾海老―「海老で鯛を釣る」ことはできるか？

正月に鏡餅や蓬莱台、注連飾りなどに添えられる。飾られる大柄な伊勢海老は、伊勢ばかりではなく千葉でも大量に捕れる。朱色が誠にめでたく、長い髭と曲がった腰から、長寿に通じるとされる。大きな伊勢海老はあまり泳がず、歩くことの方が得意。一方、桜海老、車海老、ブラックタイガーなどの小柄な海老はひたすら泳ぎ続けているという。海老の尻尾を刺激すると、思わずハサミを開く。海老が後ろ向きに歩くのは、尻尾をかばうためらしい。

加熱した海老が赤くなるのは、殻の部分に含まれているアスタキサンチンによる。ビタミンEの一千倍にも達する〝自然界最強の抗酸化作用〟で注目されている。「海老で鯛を釣る（わずかな力で大きな利益を得る）」という言葉があるが、実際に海老で鯛を釣ることができる。真鯛を釣る餌になる海老は、食用としても親しまれている、小型の猿海老がオススメだ。

飾海老四海の春を湛へけり　　吉田冬葉

賀状（がじょう）――平安時代にすでにあった！

年賀状（ねんがじょう）　年賀葉書（ねんがはがき）　年始状（ねんしじょう）　冬　賀状書く（がじょうかく）

年賀状の起源は、平安時代まで遡る（さかのぼる）。この頃から、世話になった人などに挨拶（あいさつ）する「年始回り」も広まったようだ。江戸時代には、新年を祝う書状を届けるのに飛脚が活躍。だが、高額なため武士や商人しか使えなかった。

一般に広まったのは、一八七一（明治四）年に郵便制度が開始され、官製葉書が発行されてから。ほどなくその量も増え、年内に出して、新年に着く特別取扱いは一八九九（明治三二）年から。一九三五（昭和一〇）年には年賀状のための年賀切手が発売された。世界にも類のないお年玉付年賀はがきは戦後、一九四九（昭和二四）年から発行され、初回の特等はミシン。その後、時代とともにテレビ、ラジカセ、電子レンジ、マッサージ椅子などが賞品となった。二〇一四（平成二六）年からは一等の賞品が現金になった。今やSNSの時代でメールでの挨拶も増加中。かつてインクの匂った年賀状の文化はどう変化していくのだろう。

いつ逢へるともなく見入る賀状かな　　河原白朝

達磨市（だるまいち）――なぜ達磨は赤くて目がまん丸で白い？

福達磨（ふくだるま）　達磨店（だるまみせ）

日本三大だるま市は、群馬県の高崎だるま市（福だるま発祥の少林山達磨寺）、静岡県富士市の毘沙門天大祭だるま市、三月に行われる東京都調布市の深大寺（じんだいじ）だるま市だ。達磨の赤は魔除（まよ）けの色とされ、災いを防ぐとされてきた。だるまの名前はインドで生まれた「達磨大師」に由来し、修行中に赤い服を着ていたといわれる。赤以外さまざまな色の達磨があるが、それぞれに意味を持っている。黄色は豊饒、黒は黒字を招き、白は赤と組み合わされ紅白でめでたい……などだ。

「達磨大師」は禅宗の開祖。修行で壁に向かって座禅を九年間も続け、眠らないようにまぶたを切り落としたため、まん丸な目に。やがて手足が衰え、手足のない丸い形になったとされ、それが、縁起物の「起き上がりこぼし」と融合したようだ。達磨が流行したのは江戸時代。願い事をするときに向かって右に目（「開眼」）を、叶ったら向かって左に目を入れるという「満願」の儀式になって続いている。

だるま市あまた達磨の白眼視　　成瀬櫻桃子

鏡開（かがみびらき）　一月一一日になったのは徳川家光が理由

鏡割（かがみわり）　鏡餅開く（かがみもちひらく）

お正月が終わり、七草粥（ななくさがゆ）に続く新年の行事が、「鏡開」。武家社会では「切る」という言葉が「切腹」を連想させるので包丁は使わず、木槌などで鏡餅を割っていた。「開く」というのは縁起を担いで、めでたいことばを使ったものである。餅が乾燥して硬くなっているため、水につけて、電子レンジなどで柔らかくし、お汁粉や雑煮、きな粉餅、おかきなどにして無病息災を祈願する。

鏡餅を飾るのは、年末の最終週で末広がりの「八」がつく一二月二八日が最適とされた。翌日の二九日は「苦餅」ということで避けられる。そして、松の内が明けて一月一一日の「鏡開」までが鏡餅を飾る期間だ。昔は「二十日正月」といって二〇日に鏡開を行っていたが、徳川三代将軍・家光が四月二〇日に亡くなったのを契機に、月命日を避けて一一日に改められたといわれる。商家の仕事始の「蔵開（くらびらき）」（新年の季語）と同じ日だ。しかし、地域によって二日、四日や六日に行われるところもある。

老妻の一打の強し鏡割　白岩三郎

―姫はじめ―　初エッチのことではない!?

姫糊始め　飛馬始め　火水始め　密事始

正月の二日は、「初荷」、「仕事始」、「書初」（いずれも新年の季語）……と、その年初めて行う行事が集中していた。しかし、明治になって太政官布告によって正月休みが一二月二九日から一月三日までと定められ、諸官庁の「御用始」（新年の季語）が四日になってから、一般企業もそれにならっていた。といっても、近年、コンビニはもとより、スーパーもデパートなども正月早々に開いていて、各企業もそれぞれだ。

ところで「姫はじめ」も正月二日の行事だった。江戸時代の文芸作品に取り上げられることもあって、その年初めて夫婦、男女が交わる日のことになってしまっているが、本来は何をする行事であったのか定かではない。①正月に初めて柔らかく炊く姫飯（強飯に対するもの）を初めて食べ始める日。②「姫糊始め」の意味で女性が洗濯や、張りものを始める日。③「火水始め」で、火や水を初めて使う日。④「飛馬（馬の美称）始め」で、乗馬始……などさまざまな説がある。

姫はじめ闇美しといひにけり　矢島渚男

初暦 ―― 六曜を信じますか？

新暦　暦開　冬古暦　暦売

暦には先勝、友引、先負、仏滅、大安、赤口の六種が書かれているものがある。これらは「六曜」（六輝）と呼ばれ、冠婚葬祭の日程を決めるときなどに縁起担ぎに使われているが、そもそも六曜とは何なのだろう。

六曜は中国で生まれた、陰陽道による占いのようなもので江戸中期から使われ始めていた。明治五年に太陽暦が採用される際、「吉凶付きの暦注は迷信である」とし、政府は信憑性が無いと、六曜の使用を禁止した。しかし、第二次大戦後は復活している。『広辞苑』などによると先勝は午前中は吉、午後は凶、急いで吉という。友引は友を引くとして、この日葬式を営むことを嫌う俗信がある。先負はこの日平静を守って吉、午前は凶、午後は吉という。仏滅は俗に万事に凶である悪日とする。大安は吉日で万事進んでよしといい、今日では、多く結婚式などに用いられる。赤口は大凶の日。正午のみ吉という。迷信とわかっていてもついつい気にしてしまう。

宇佐に行くや佳き日を選む初暦　　夏目漱石

―初場所(はつばしょ)― 大相撲はなぜ時間通りに終わるのか?

春場所(はるばしょ)　一月場所(いちがつばしょ)　正月場所(しょうがつばしょ)

本場所と呼ばれる大相撲は、一九五八(昭和三三)年から東京、大阪、名古屋、福岡で、年に六回行われるが、一月の東京両国国技館が初場所となる。かつては春(一月)と夏(五月)の二回だったので、春場所といえば初場所のことだった。

取組が時間通りに終了するために、さまざまな工夫がされている。まず、土俵脇の勝負審判の一人が時間を計っていて、塩をまく回数を調整している。制限時間がくると、時計係の勝負審判が、右手で「ちょうだい」をするような仕草をして、呼び出しと行事に合図を送る。それを見た呼び出しは立ち上がり、力士にタオルを渡す。こうして、力士は制限時間がきたことを知り、汗をぬぐったり力水を飲んだりする。また、呼び出しが箒で土俵を掃いて時間稼ぎをしたりする。さらに時間があるときは、土俵で行司の式守伊之助が、「顔ぶれ言上(ごんじょう)」(=明日の取組)を読み上げる。こうして六時までにはしっかり終わり、NHKニュースが始まるのだ。

初場所の砂青むまで掃かれけり　内田哀而

箱根駅伝（はこねえきでん）――アメリカ大陸横断駅伝の予選会だった

箱根駅伝の正式名は東京箱根間往復大学駅伝競走で、毎年一月二日と三日の二日間行われる二一の大学対抗の駅伝競走。二〇〇キロを往路、復路とし、それぞれ五区に分け、一チーム一〇人の選手で走る。新春の風物詩として定着し、歳時記に入り始めたが、第一回大会は一九二〇（大正九）年二月一四日に実施された。

もともと箱根駅伝は、「アメリカ大陸横断駅伝」の選手選抜のために行われた。「日本マラソンの父」、金栗四三（かなくりしそう）たちは世界で通用する長距離選手を育成したいとの思いから「アメリカ大陸横断駅伝」を考案。サンフランシスコを出発↓アリゾナの砂漠からロッキー山脈を越え↓農村地帯を抜け↓ニューヨークがゴールという壮大な計画。最大の難関はロッキー山脈の走破だ。そこで日本の山越え、東京～箱根のコースが選ばれた。「アメリカ大陸横断駅伝」は実現しなかったが、選考会として生まれた「箱根駅伝」は、その後すっかり定着した。

往路五区箱根駅伝壁登る　長岡帰山

―歯固―

歯固の餅

人は歯をもつて命とする

正月三が日に餅、干し柿、栗など固いものを食べて歯の根を丈夫にし、健康長寿を祈願する行事。歯固めの歯は元来〈齢〉のことで、齢を固めて新たに生まれ変わる意味があり、中国から伝わった古くからの風習だ。宮中では平安時代以来、三が日に鏡餅、大根、瓜、押し鮎、猪肉、鹿肉などの歯固めの膳が差し出された。その儀式の様子が『源氏物語』や『枕草子』にも描かれている。室町時代の『世諺問答』には「人は歯をもつて命とするゆゑ、歯の字をよはひと訓むなり。歯固は、よはひをかたむる心なり」とある。

歯固めの具は地方によってさまざまだが、栗、大根、蕪、串柿、榧、するめ、昆布、獣肉などが用いられている。保存しておいた正月の干餅や炒り豆を六月一日や夏至に食べる地方もある。現在では生後一〇〇日目から一二〇日目前後に、乳幼児に赤飯を一粒食べさせたりするお祝いも行われている。

歯固や犬馬の如く生きて尚　　鳥居白山

―成人の日―　なぜ振袖を着るの？

成人式　成人祭

元服と呼ばれていたものが、二〇歳から成人だとされたのは、一八七六（明治九）年から。二〇二二年から成人年齢は一八歳に引き下げられ、一月の第二月曜日が式日となっている。成人式に目立つ振袖。飛鳥時代には振袖の原型ができ、『万葉集』にも詠まれている。江戸時代には元服前の男女が用いたが、次第に装飾性も増して長くなった。明治以降は未婚女性の最も格式高い着物として定着している。若い女性は良縁を願って振袖を振るようになり、大振袖・中振袖・小振袖の三種類がある。

古く、「振る」という行為には呪術的な意味があり、振ることで神の魂を呼び寄せ、身を清め、厄払いをすると考えられてきた。これを「魂振り」といい、巫女たちは長い布や袖で魂振りをしていた。やがて人に対しても行われるようになり、意中の人を振り向かせたり、心を通わせるために、袖を振るようになった。めでたく結婚できた後は袖の短い「留袖」となる。もう「袖にする」ことなどないように……。

成人の日のどこまでも街尽きず　　星野高士

―なまはげ―　なまはげの正体とは？

なもみ剝（はぎ）　生身剝（なまみはぎ）　なもみたくり　あまみ剝（はぎ）

なまはげは、秋田県男鹿（おが）半島などに伝わる大晦日の奇習。蓑（みの）を着、藁靴（わらぐつ）を履いて、凄い形相の鬼の面を被った集落の青年たちが、木製の出刃包丁と手桶などを携え、夕暮になると各家庭を回る。「泣くこはいねが」「ナマミコはげたか」など、声を荒らげながら、怠け者の子供や新嫁、新婿を脅す。火の傍で怠けていてできた火斑（ひがた）（なもみ・シミ）を包丁で剝がし、煮えた小豆を付けて食べてしまうぞ、と威嚇する。それに対し、勤勉を約束し、無病息災を願う。なまはげは酒や餅を振舞われ、「家内安全、田は豊作、海では大漁」と一年の繁栄を祈る。

その正体は、漢の武帝が連れてきた鬼、漂流してきた異邦人、山の神、お役人、修験者など諸説ある。遠来の神が人間に祝福を与えてくれるという信仰からきていて、数百年の歴史があるのだ。重要無形民俗文化財に指定され、二〇一八（平成三〇）年には、ユネスコ無形文化遺産の登録が決まった。

なまはげにしやつくり止みし童かな　　古川芋蔓

―初詣(はつもうで)―　「二拝二拍手一拝」は不必要！

初参(はつまいり)　初社(はつやしろ)　初神籤(はつみくじ)

神社仏閣に初詣の際は、寺では静かに合掌。神社では「二拝二拍手一拝」をしてお参りする人は多い。しかし、初詣の始まりは、氏子代表が大晦日の夜、氏神の社に籠り、徹夜して新年を迎える「年籠(としごもり)」（冬の季語）が起源だ。これが江戸時代末期ごろから元日の氏神参拝や恵方参りへと変化した。六世紀ごろから神社仏閣は一体のもので、寺は合掌、神社は手を叩(たた)くという区別もなく、庶民は自由な形で神仏に参り、それぞれ自己流で参拝していた。

ところが明治維新後、一八六八（慶応四）年発布の太政官布告・神仏分離令により、突然、寺院と神社が厳しく分離されてしまった。神社での「二拝二拍手一拝」という作法が正式になったのは、なんと終戦後の一九四八（昭和二三）年の神社祭式行事作法に基づくもの。基本的には一般人は格式ばらず、信仰の有無にかかわらず江戸時代以来の自由な参拝の仕方で一向に構わないのだ。

一身を静かに運ぶ初詣　宇多喜代子

――嫁が君（よめがきみ）――なぜネズミがこう呼ばれるのか？

縁起を担いで使うことを避ける言葉を「忌み詞（ことば）」といい、「嫁が君」は正月三が日のネズミの忌み詞である。「嫁御（よめご）」「嫁御前（よめごぜ）」「嫁女（よめじょ）」などと呼ぶ地方もある。ネズミは人の生活の近くに居て、嫌われる一方で、大黒様の使いとされ、親しまれてもいる。「無し」を連想させる「梨」のかわりの「ありの実」、「悪し」を連想させる「葦（あし）」のかわりに用いる「葭（よし）」なども忌み詞である。年神を迎える正月言葉では縁起を担いで「寝る」を嫌い、「稲積（いねつ）む」といい、「茶」を「大服（おおぶく）」、「海鼠（なまこ）」を「俵子（たわらご）」という。ネズミを「嫁（よめ）」ということは、古く『和泉式部集』にもある。なぜ「嫁が君」になったかは諸説ある。夜、目がきくので、「夜目が君」とした。夜、群れで行動するために（夜群（よるむれ））からヨメとなった。正月にネズミのね（寝）の音を嫌って忌み詞とした。新年にネズミの機嫌を損ねると被害が増えるから「天井のヨメ」と呼んでもてなしたともいわれる。

嫁が君この家の勝手知りつくし　　轡田　進

あとがき

季語の歴史は古い。平安時代の『古今和歌集』にすでに取り入れられ、やがて連歌に持ち込まれ、江戸時代になって歳時記が誕生した。長い歴史を通じて、成熟し、先人たちによって精緻に体系化され、増殖し、四千以上の季語から成立する現代の歳時記が編まれるようになったようだ。

季語はもはや俳句だけのものではなく、私たちの風土、日々の生活や感情とも密着して、日本人に欠かせない言葉の群れであり、大いなる文化的産物といっても過言ではない。そして世界一短い詩形・俳句の中では、なくてはならないものとなっている。テレビでも俳句を取り上げる番組が増え、新たに俳句を楽しむ人も多い。

日常の喜怒哀楽から遠い宇宙の果て、さらには全くのフィクションまでも詠めてしまう俳句というツールは、新型コロナウィルスのパンデミックで混迷する世界にあっても不思議な遊び感覚を醸し、魅力に満ち満ちている。その根っこに季語がある。

「季語を象徴的に使う」（中村草田男）、「俳句は季語だ」（川崎展宏）、「季語に新しい意味を付ける」（藤田湘子）、という先人たちの教えを頭の隅に置きつつ、この本の制作に取り組んできた。

この本は二〇一九年に出版された『季語うんちく事典』の兄弟版、とでもいえばいいだろうか。

おかげさまで『季語うんちく事典』は、朝日新聞の読書面で山田航氏に取り上げていただき、増刷の運びとなっている。多くの俳友からも「おもしろい」という励ましの言葉を頂戴し、出版直後から、見落としていた季語の事が気になり、コツコツと拾い集め整理を始めていた。季語を調べることはその本意を知ることであり、その本意から派生する意外な面にも出会える作業でもあった。「ものしり」をめざしてあれこれと探る過程は、ときに楽しく痛快でもあり、飽きることがなかった。

「ものしり」とは程遠い私を支えてくれたのは、多大な資料と歳時記に携わった俳人、学者、企業人をはじめとする数知れない諸先輩たちである。

『季語うんちく事典』の兄弟版として、手に取っていただき、「うんちく」で発表できなかった季語の持つ本意と、その知られざる側面を存分に楽しんでもらえれば編者としてこの上ない幸いである。

長い間、私を辛抱強く支え、励ましてくれたＫＡＤＯＫＡＷＡの編集者安田沙絵さん、石井隆司さんに心からお礼を申し上げたい。また、忙しい中、カバーの装画を提供してくれた竹上妙さんありがとう。

二〇二一年四月吉日

編者　新海　均

本書は、書き下ろしです。

季語ものしり事典

新海 均＝編

令和3年 5月25日 初版発行
令和6年 6月15日 再版発行

発行者●山下直久

発行●株式会社KADOKAWA
〒102-8177 東京都千代田区富士見2-13-3
電話 0570-002-301（ナビダイヤル）

角川文庫 22687

印刷所●株式会社KADOKAWA
製本所●株式会社KADOKAWA

表紙画●和田三造

●お問い合わせ
https://www.kadokawa.co.jp/ （「お問い合わせ」へお進みください）
※内容によっては、お答えできない場合があります。
※サポートは日本国内のみとさせていただきます。
※Japanese text only

ISBN 978-4-04-400651-8 C0192

角川文庫発刊に際して

角川源義

第二次世界大戦の敗北は、軍事力の敗北であった以上に、私たちの若い文化力の敗退であった。私たちの文化が戦争に対して如何に無力であり、単なるあだ花に過ぎなかったかを、私たちは身を以て体験し痛感した。西洋近代文化の摂取にとって、明治以後八十年の歳月は決して短かすぎたとは言えない。にもかかわらず、近代文化の伝統を確立し、自由な批判と柔軟な良識に富む文化層として自らを形成することに私たちは失敗して来た。そしてこれは、各層への文化の普及滲透を任務とする出版人の責任でもあった。

一九四五年以来、私たちは再び振出しに戻り、第一歩から踏み出すことを余儀なくされた。これは大きな不幸ではあるが、反面、これまでの混沌・未熟・歪曲の中にあった我が国の文化に秩序と確たる基礎を齎らすためには絶好の機会でもある。角川書店は、このような祖国の文化的危機にあたり、微力をも顧みず再建の礎石たるべき抱負と決意とをもって出発したが、ここに創立以来の念願を果すべく角川文庫を発刊する。これまで刊行されたあらゆる全集叢書文庫類の長所と短所とを検討し、古今東西の不朽の典籍を、良心的編集のもとに、廉価に、そして書架にふさわしい美本として、多くのひとびとに提供しようとする。しかし私たちは徒らに百科全書的な知識のジレッタントを作ることを目的とせず、あくまで祖国の文化に秩序と再建への道を示し、この文庫を角川書店の栄ある事業として、今後永久に継続発展せしめ、学芸と教養との殿堂として大成せんことを期したい。多くの読書子の愛情ある忠言と支持とによって、この希望と抱負とを完遂せしめられんことを願う。

一九四九年五月三日

角川ソフィア文庫ベストセラー

季語うんちく事典

編／新海　均

俳句歳時記には載っていない、面白くて意外で、ちょっと余分な（!?）季語のトリビア200超が大集合！　季語ということばの趣きと豊かさを感じながら、句友との話題も盛り上がる、愉快でためになる事典。

今はじめる人のための俳句歳時記　新版

編／角川学芸出版

現代の生活に即した、よく使われる季語と句作りの参考となる例句に絞った実践的歳時記。俳句Q&A、句会の方法に加え、古典の名句・俳句クイズ・代表句付き俳人の忌日一覧を収録。活字が大きく読みやすい！

覚えておきたい極めつけの名句1000

編／角川学芸出版

子規から現代の句までを、自然・動物・植物・人間・生活・様相・技法などのテーマ別に分類。他に「切れ・切れ字」「俳句と口語」「新興俳句」「季重なり」「句会の方法」など、必須の知識満載の書。

覚えておきたい芭蕉の名句200

松尾芭蕉
編／角川書店

漂泊と思郷の詩人・芭蕉のエッセンスがこの一冊に！　一ページに一句、不朽の名句200句が口語訳と明快な解説と共に味わえる。名言抄と略年譜、初句・季題索引付き。芭蕉入門の決定版！

俳句のための基礎用語事典

編／角川書店

「不易流行」「風雅・風狂」「即物具象」「切字・切れ」「倒置法」など、俳句実作にあたって直面する基礎用語100項目を平易に解説。俳諧・俳句史から作句法までを網羅した、俳句愛好者必携の俳句事典！

角川ソフィア文庫ベストセラー

決定版　名所で名句　鷹羽狩行

地名が季語と同じ働きをすることもある。そんな名句を全国に求め、俳句界の第一人者が名解説。旅先の地名も、住み慣れた場所の地名も、風土と結びついて句を輝かす。地名が効いた名句をたっぷり堪能できる本。

金子兜太の俳句入門　金子兜太

「季語にとらわれない」「生活実感を表す」「主観を吐露する」など、句作の心構えやテクニックを82項目にわたって紹介。俳壇を代表する俳人・金子兜太が、独自の俳句観をストレートに綴る熱意あふれる入門書。

俳句、はじめました　岸本葉子

人気エッセイストが俳句に挑戦！　俳句を支える季語の力に驚き、句会仲間の評に感心。冷や汗の連続だった吟行や句会での発見を通して、初心者がつまずくポイントがリアルにわかる。体当たり俳句入門エッセイ。

芭蕉のこころをよむ　「おくのほそ道」入門　尾形仂

『おくのほそ道』完成までの数年間に芭蕉は何を追い求めたのか。その創作の秘密を解き明かし、俳諧ひと筋に生きた芭蕉の足跡と、〝新しみ〟や〝軽み〟を常とした作句の精神を具体的かつ多角的に追究する。

飯田蛇笏全句集　飯田蛇笏

郷里甲斐の地に定住し、雄勁で詩趣に富んだ俳句を詠み続けた蛇笏。その作品群は現代俳句の最高峰として他の追随を許さない。第一句集『山廬集』から遺句集『椿花集』まで全9冊を完全収録。解説・井上康明

角川ソフィア文庫ベストセラー

違いをあらわす「基礎日本語辞典」　森田良行

「すこぶる」「大いに」「大変」「なんら」など、普段使っている言葉の中から微妙な状態や程度をあらわすものを厳選。その言葉のおおもとの意味や使い方、差異を徹底的に分析し、解説した画期的な日本語入門。

時間をあらわす「基礎日本語辞典」　森田良行

日本語の微妙なニュアンスを、図を交えながら解説する『基礎日本語辞典』から、「さっそく」「ひとまず」など、「時間」に関する語を集める。外国語を学ぶとき、誰もが迷う時制の問題をわかりやすく解説！

思考をあらわす「基礎日本語辞典」　森田良行

「しかし」「あるいは」などの接続詞から、「～なら」「～ない」などの助動詞まで、文意に大きな影響を与える言葉を厳選。思考のロジックをあらわす言葉の使い方、微妙な違いによる使い分けを鮮やかに解説！

辞書から消えたことわざ　時田昌瑞

著者は『岩波ことわざ辞典』等を著した斯界の第一人者。世間で使われなくなったことわざを惜しみ、「名品」200本余を、言葉の成り立ち、使われた文芸作品、時代背景などの薀蓄を記しながら解説する。

いろごと辞典　小松奎文

世界中の性用語、方言、現代の俗語・隠語まで網羅。【甘露水】＝精液。【騒水】＝女性が淫情を感じて分泌する愛液。【花を散らす】＝女性の初交……創造力を刺激する語彙と説明が楽しい圧巻の「性辞典」。

角川ソフィア文庫ベストセラー

枕草子
ビギナーズ・クラシックス 日本の古典
清少納言
編／角川書店

一条天皇の中宮定子の後宮を中心とした華やかな宮廷生活の体験を生き生きと綴った王朝文学を代表する珠玉の随筆集から、有名章段をピックアップ。優れた感性と機知に富んだ文章が平易に味わえる一冊。

源氏物語
ビギナーズ・クラシックス 日本の古典
紫式部
編／角川書店

日本古典文学の最高傑作である世界第一級の恋愛大長編『源氏物語』全五四巻が、古文初心者でもまるごとわかる！ 巻毎のあらすじと、名場面はふりがな付きの原文と現代語訳両方で楽しめるダイジェスト版。

今昔物語集
ビギナーズ・クラシックス 日本の古典
編／角川書店

インド・中国から日本各地に至る、広大な世界のあらゆる階層の人々のバラエティーに富んだ日本最大の説話集。特に著名な話を選りすぐり、現実的で躍動感あふれる古文が現代語訳とともに楽しめる！

平家物語
ビギナーズ・クラシックス 日本の古典
編／角川書店

一二世紀末、貴族社会から武家社会へと歴史が大転換する中で、運命に翻弄される平家一門の盛衰を、叙事詩的に描いた一大戦記。源平争乱における事件や時間の流れが簡潔に把握できるダイジェスト版。

徒然草
ビギナーズ・クラシックス 日本の古典
吉田兼好
編／角川書店

日本の中世を代表する知の巨人・吉田兼好。その無常観とたゆみない求道精神に貫かれた名随筆集から、兼好の人となりや当時の人々のエピソードが味わえる代表的な章段を選び抜いた最良の徒然草入門。

角川ソフィア文庫ベストセラー

ビギナーズ・クラシックス 日本の古典
おくのほそ道（全）
松尾芭蕉
編／角川書店

俳聖芭蕉の最も著名な紀行文、奥羽・北陸の旅日記を全文掲載。ふりがな付きの現代語訳と原文で朗読にも最適。コラムや地図・写真も豊富で携帯にも便利。風雅の誠を求める旅と昇華された俳句の世界への招待。

ビギナーズ・クラシックス 日本の古典
古今和歌集
編／中島輝賢

春夏秋冬や恋など、自然や人事を詠んだ歌を中心に編まれた、第一番目の勅撰和歌集。総歌数約一一〇〇首から七〇首を厳選。春といえば桜といった、日本的美意識に多大な影響を与えた平安時代の名歌集を味わう。

ビギナーズ・クラシックス 日本の古典
伊勢物語
編／坂口由美子

雅な和歌とともに語られる「昔男」（在原業平）の一代記。垣間見から始まった初恋、天皇の女御となる女性との恋、白髪の老女との契り——。全一二五段から代表的な短編を選び、注釈やコラムも楽しめる。

ビギナーズ・クラシックス 日本の古典
土佐日記（全）
紀貫之
編／西山秀人

平安時代の大歌人紀貫之が、任国土佐から京へと戻る旅を、侍女になりすまし仮名文字で綴った紀行文学の名作。天候不順や海賊、亡くした娘への想いなどが、船旅の一行の姿とともに生き生きとよみがえる！

ビギナーズ・クラシックス 日本の古典
うつほ物語
編／室城秀之

異国の不思議な体験や琴の伝授にかかわる奇瑞などの浪漫的要素と、源氏・藤原氏両家の皇位継承をめぐる対立を絡めながら語られる。スケールが大きく全体像が見えにくかった物語を、初めてわかりやすく説く。

角川ソフィア文庫ベストセラー

和泉式部日記
ビギナーズ・クラシックス 日本の古典

和泉式部
編／川村裕子

為尊親王の死後、弟の敦道親王から和泉式部へ手紙が届き、新たな恋が始まった。恋多き女、和泉式部が秀逸な歌とともに綴った王朝女流日記の傑作。平安時代の愛の苦悩を通して古典を楽しむ恰好の入門書。

更級日記
ビギナーズ・クラシックス 日本の古典

菅原孝標女
編／川村裕子

平安時代の女性の日記。東国育ちの作者が京へ上り憧れの物語を読みふけった少女時代。結婚、夫との死別、その後の寂しい生活。ついに思いこがれた生活を手にすることのなかった一生をダイジェストで読む。

大鏡
ビギナーズ・クラシックス 日本の古典

編／武田友宏

老爺二人が若侍相手に語る、道長の栄華に至るまでの藤原氏一七六年間の歴史物語。華やかな王朝の裏の権力闘争の実態や、都人たちの興味津津の話題が満載。『枕草子』『源氏物語』への理解も深まる最適な入門書。

新古今和歌集
ビギナーズ・クラシックス 日本の古典

編／小林大輔

伝統的な歌の詞を用いて、『万葉集』『古今集』とは異なった新しい内容を表現することを目指した、画期的な第八番目の勅撰和歌集。歌人たちにより緻密に構成された約二〇〇〇首の全歌から、名歌八〇首を厳選。

方丈記（全）
ビギナーズ・クラシックス 日本の古典

鴨長明
編／武田友宏

平安末期、大火・飢饉・大地震、源平争乱や一族の権力争いを体験した鴨長明が、この世の無常と身の処し方を綴る。人生を前向きに生きるヒントがつまった名随筆を、コラムや図版とともに全文掲載。

角川ソフィア文庫ベストセラー